16年間魔法が使えず落ちこぼれだった俺が、科学者だった前世を思い出して異世界無双

ねぶくろ

CONTENTS

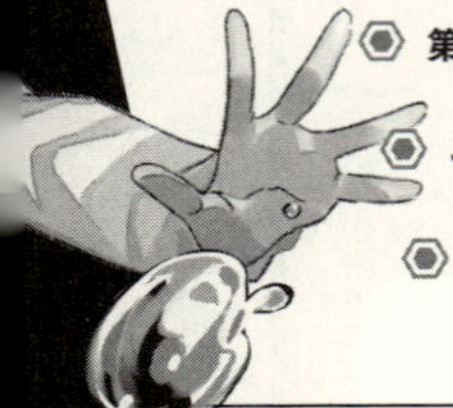

ILLUST. HANAGATA

16NENKAN MAHO GA TSUKAEZU
OCHIKOBOREDATTA ORE GA,
KAGAKUSHA DATTA ZENSE WO OMOIDASHITE
ISEKAIMUSO.

プロローグ

ロニー・F・ナラザリオ。

僕は生まれた時から欠陥品《けっかんひん》だった。

ナラザリオ伯爵家《はくしゃくけ》の長男として生まれたにもかかわらず、足は遅い、体力はない、剣も振れない、そのくせ勉強ができるわけでもないという体《てい》たらくで、何かを習わせるたびに突きつけられる「才能なし」の評価に、両親は失望を繰り返していた。

極《きわ》め付《つ》けに両親を落胆させたのは、魔法の才能が絶望的にないという事実だった。

魔力の扱いが下手とか、生まれつき魔力が少ないとか、そういう次元ではない。

センスがゼロ、からっきしなのである。

魔力のセンスは生まれた瞬間に分かる。生まれた瞬間の赤ん坊は仄《ほの》かに光を帯びているからだ。その光の強弱でその子が内にどれだけの魔力を秘めているかが分かり、どれだけ遅くても二歳ほどになれば魔法の一端を垣間見《かいまみ》せる。

その例外が僕なのだ。

生まれた時には爪の先さえ光を纏《まと》うこともなく、五歳になっても十歳になっても、どれだけ練習を繰り返しても、魔法のまの字さえ発現しなかった。

王都の高名な魔術師をして、どうしようもないと言わしめたのが僕なのだ。

両親は何かの病気なのではと疑ったが、体内に魔力は確かに流れているはずだし、他にも異常は見られない、これはそういう体質なのだ、というのが医者の答えだった。

いっそ病気とでも言われれば、諦めようもあったのに。


そして十六歳の誕生日の今日、両親は僕におめでとうの一言さえない。

十二歳の弟の習い事にご執心《しゅうしん》である。

幸い、弟は僕の才能の無さを補って余りあるほど優秀に育ってくれていた。運動神経も頭の良さも魔法の才能も、全てが天才的。まさに神童という言葉が相応《ふさわ》しい。

中庭からは今日も、弟が家庭教師と剣を交える音と、両親の喝采《かっさい》の声が聞こえる。


おめでとう。

よかった。

そのくらいでなければ、僕は期待感に押しつぶされて、どうにかなってしまっていただろう。

僕に向いていた期待が全て弟にのしかかってしまったのは申し訳ないが、彼ほどの才覚があればプレッシャーもはね除けてくれる事だろう。

ただ一つ惜しむらくは、どうして彼が先に生まれてくれなかったのかという事だ。どうして出来の悪い僕が長男で、優秀な彼が次男なのか。

順番さえ逆なら、僕の居心地の悪さも、家族からの態度も少しは違ったかもしれない。

「──────」

ふと、男の使用人とすれ違う。

会釈《えしやく》すらなく、彼は通り過ぎていく。

弟がその才能の片鱗《へんりん》を見せるまでは一応挨拶《あいさつ》くらいはあったはずだが、それは随分前《ずいぶん》の話だ。

ほとんど全ての使用人に、僕はもう見えていないらしい。

「…………はあ」

ため息を一つ漏らす。

特にこれからの用事もないし、せめて中庭からの声が届かない自室に戻ろうかと、鬱《うつ》屈《くつ》としたまま階段を降りる。

天窓からは午前の日差しが注ぎ込み、今日もまだ始まったばかりであることを知らせていた。また長い一日が始まることに、ややもうんざりしてしまう。

何を間違えたのだろうと、思うことがある。

どうすれば、こんなことにならなかったのだろうと。

でも、答えはいつも無情な一言で片付いてしまうのだ。

生まれた瞬間から、僕は間違っていた。

家柄がよかっただけで、それ以外の運が一切なかった人間。

それが僕なのである。

もういっそ、どこか遠く何のしがらみもない場所に逃げてしまいたい。

きっと両親も弟も、僕を探したりしないだろう。どころかやっといなくなったと胸を撫《な》でおろすに違いない。

そうだ。

もういっそ――――、

瞬間、僕の視界が大きく傾いた。

足を下ろすはずの次の段差にいつまで経《た》っても辿《たど》りつかず、頭上に見えていたはずの天窓があらぬ場所にある。

自分が足を踏み外して落ちているのだと気づいたのは、その数瞬後だった。

だけれど僕にはそこから体勢を立て直すだけの反射神経さえない。時間だけがやけにゆっくりと感じられ、自分の身に【死】が近づいてくるのを理解した。

――ああ、でももう、これでいいか。

諦めがよぎり、次の瞬間、頭が硬いものとぶつかる派手な音がして、視界が真っ暗になった。

目が覚めた。

〝俺〟は死んではおらず、同時に、かつて【科学者】として生きていた事を思い出したのだった。

第一章　二つの記憶

目が覚めたのは自分のベッドの中だった。

記憶の飛びように、一瞬何が起こっているのか分からなかったが、頭に包帯が巻かれているのを確認し、自分が階段から落ちた結果、気を失って寝ていたのだと推察した。

しかし問題とすべきはそこではなかった。

見慣れているはずの自分の部屋が全く違う風に映るのだ。十六年もこの場所で寝起きしてきたにもかかわらず、まるで他人の部屋かのようだった。

まず部屋を眺め見て、家電製品の類《たぐい》が一切ないことに違和感を覚える。電灯もない。テレビもない。クーラーもない。パソコンもスマホもゲーム機も何もない。あるのは古めかしい木製の調度品《ちょうどひん》と、コンセントの繋《つな》がっていないランプがあるのみだ。

今までそんなところに違和感を覚えたことなどないはずなのに。

「……ところで、俺はどのくらい寝てた……？」

俺はそう呟《つぶや》いて窓の外を見やる。

ガラスの向こうには朝焼けの、淡い赤黄色の空が覗《のぞ》いていた。

「階段から落ちたのが、確か朝食を食べ終えてすぐのはず。つまり、少なくとも丸一日近く寝ていたことになる訳か……」

――――ガチャリ。

そんな風に状況の推測を行っていたところへ、思考を打ち切るように部屋の扉が開かれた。

隙間《すきま》からメイド服の女の子が心配げな顔を覗かせている。

「あっ、お、お目覚めになられましたか……、ロニー様……」

たどたどしい口調で部屋に入ってきたのは、茶髪で頬《ほお》のそばかすが特徴的な十三、四歳ほどのメイド服の少女である。

「カーラか」

彼女は不出来な長男に対しても丁寧に対応してくれる数少ない使用人だ。働き始めて間もないという部分が大きいのかもしれないが。

「も、もう起きて大丈夫なのでしょうか。頭は、痛くはありませんか？　あ、あの、血がすごい出ていて、階段が、それはもう大変なことに……」

「ん……、ああ、痛みはするが傷は深くはないようだ。問題ない」

「そ、そうですか……、それなら、あの、えっと、よかったです……」

カーラはそう言いながら、恐る恐るといった風に俺へと近寄る。右手には汚れを拭《ふ》くための布と、替えの包帯が用意されていた。

「どのくらい寝ていたんだろうか」

「へっ？　何がですか？　カーラがですか？　カーラはぴったり八時間睡眠で……」

「お前の睡眠時間は聞いてない……。階段から落ちて、俺はどのくらい寝ていた？」

「はっ、失礼しま――……。お、おれ……？」

カーラは俺の質問の途中で、妙なところに反応して首をかしげる。

ああそうか、これまで一人称は【僕】だったのか。

しかし今更自分の事を【僕】と呼ぶ気にはなれないので、訂正せずにおく。

「えーと、あの、そうですね……。ロニー様は三日くらい、ずっと目を覚まされる様子がなく、眠っておられたかと……」

「三日もか……。どうりで腹が減っているわけだな」

「は、そうですよね。今すぐ何かご用意いたします。しょ、食欲はありますでしょうか。サンドイッチでいいですか？」

「……有《あ》り難《がた》いが、その前に包帯だけ替えて貰ってもいいか」

「そ、そ、そうでした。失礼いたしました。すぐ取り替えますですっ」

「頼む」

カーラはあわあわとせわしない様子で、俺の頭の包帯に手をかけた。

髪の毛を引っ張られるような感覚とともに、ペリペリと乾いた血の音がした。

「………」

しかし三日も寝ていたとは驚きだ。視界がブラックアウトした次の瞬間にはここにいたという印象なのに、実時間では七十時間も経過しているらしい。

俺は包帯を取り替えてもらいながら、右手のひらを開いたり閉じたりしてみた。さしあたって痛みや痺《しび》れは感じられない。

すると唯一にして最大の変調はやはり、この不可解な記憶の混濁《こんだく》――、ということになる。

頭を強打したことによる脳震盪《のうしんとう》、および失神《しっしん》。

それが引き金となって、この現象を引き起こしたことはほぼ間違いない。

俺は元々、前世の記憶などという不確かな都市伝説を信じてはいなかったが、事がこうなると否《いや》が応《おう》でも受け入れざるを得ないだろう。

今の俺は十六歳の少年、【ロニー・F・ナラザリオ】であると同時に、二十八歳物理学者【山田陽一《やまだよういち》】の記憶を持っている。

【山田陽一】としての二十八年分の記憶を鮮明に思い出すことができ、かつての両親の名前、通っていた小学校、浪人して合格した大学、そしていつどこでどうして死んだかも思い出すことができる。

これが偽《いつわ》りの記憶や、気のせいだとは信じられない。

にもかかわらず。【ロニー・F・ナラザリオ】として生きてきた十六年間も事実としてあるのだ。例えるなら、世界が二重に見えているような不思議な感覚。

――まったくもってオカルトだ。

だが、自分の身に起きているとなれば、否定をしようにも本能がそれを許さない。

何かこの現象に論理的な説明を行うことができるだろうか……。

「はい、終わりました。ど、どうですか、きつかったりしませんか？」

いつの間にか包帯を巻き終えたカーラが顔を覗き込んでくる。

「いや、問題ない。ありがとう」

「見た限りですが、血も止まっているようなので……、もう少し傷がふさがったらお風呂に入られてもよろしいかと思います」

「……ああ、すまない。少しにおったか。自分で付け替えればよかったな」

「い、いえいえ！　そういう意味で言ったのでは……！　…………えっと、あ、あ、あの、ロニー様……？」

「ん？」

「ほ、本当に、何ともありませんか？　頭をしたたかに打たれたのです。傷はふさがっても、他に何か悪影響が残っているやも……」

「……俺は、何かおかしく見えるか？」

「いっ、えっと、あの、何と言いますか……、いつものロニー様と少し雰囲気が違うように見えたもので……。す、すみません、決して変な意味で言っているのではなくてですね……」

汗をかきながらする必要のない弁明を行うカーラ。

俺は思わず笑いをこぼしながら、膝《ひざ》の上の毛布を取り起き上がった。

「心配するな、問題ない。ところで――」

「？」

不意に俺が立ち上がったのを見て、カーラは驚いた顔をする。

「こんなダメ息子でも、お父様に一応なり無事を報告せねばならないだろう。今はどちらにいらっしゃる？」

○

コンコン、というノックをするとしばしの沈黙ののちに「入れ」という低く短い返事が返ってくる。

「失礼します」

扉を開けると、この世界におけるわが父――、ドーソン・F・ナラザリオが執務机《しつむづくえ》に座っていた。ドーソンは一瞬だけ俺を見ると、すぐに手元の書類へ視線を戻す。

「…………怪我《けが》の具合はどうだ。随分《ずいぶん》と長く眠っていたようだが」

「おかげさまで、少し傷跡が残る程度で済みそうです。ご心配をおかけしました」

「……そうか、それは何よりだな。まがりなりにも当家の長男だ、万一のことがあってはまずい」

「ええ、以後このような事がない様に気を付けたいと思います」

「そうしてくれ。……それで？」

ドーソンは下を向いたまま問う。

「は？」

「用件は以上か？ すまんが書類仕事が残っているのでな」

「……はい、ではこれで失礼いたします。お母様は何か言っておられましたか？」

「エリアか？ もちろん心配していたとも。一緒に何度か部屋を覗いたのだがな、なかなか目を覚まさないと今もまだ気を揉《も》んでいる事だろう。挨拶《あいさつ》をしてくると良い」

「分かりました。では」

俺は短い挨拶を交わしたのちにドーソンの部屋を後にした。

扉が閉まる際に横目に父の様子を見る。彼はついに最後まで、手元の書類から目を上げることがなかった。

中庭に行くと、木陰《こかげ》のベンチに座る女性を見つけた。

母――、エリア・F・ナラザリオである。

「お母様、おくつろぎの所失礼いたします」

俺がやや離れた場所からそう声をかけると、母はこちらに気づき、帽子のつばを微《かす》かに持ち上げる。

「…………あら、ロニーではありませんか」

「ご心配をおかけしたとお父様からも聞きました。ですがこの通り無事に復調いたしましたので、そのご挨拶にと」

「まあまあ、そう畏《かしこ》まらないでいいのよ。あなたが無事なら私はそれでいいのだから」

「眠っている間に何度か足を運んでいただいたそうで、申し訳ありません」

「足を運んだ？　――ああ、そうね、大切な息子の事ですもの。心配するに決まってるじゃない。怪我は本当にもういいのかしら？　もう少し安静にしていたら？」

「そうですね。まだ少し痛みますので、もうしばらく療養《りょうよう》に努《つと》めたいと思います」

「そうするといいわ。何かあったらカーラに言いつけて。食事もしばらくは部屋で摂《と》ると良いでしょう」

「お気遣い感謝いたします」

俺はそう一礼し、場を去ろうとする。

するとエリアが俺を呼びとめた。

「ねえ、ロニー」

「はい？」

「ヨハンちゃんを見かけなかったかしら。そろそろ授業の時間なんだけれど、まだ来ないの。家庭教師の先生ももうすぐいらっしゃる時間なのに」

「いえ、まだ見かけておりませんが……。見かけたら中庭でお母様が呼んでいると伝えておきましょうか」

「そうしてくれるかしら。来月には王都の高名な魔術師様が、ヨハンちゃんの噂《うわさ》を聞いてこの家に来てくれるそうなの。だから今のうちから練習しておかなくてはね。優秀すぎるあまり、勢いで魔術学校にスカウトされちゃうかも。そうしたらどうしましょう」

「そうなったら凄《すご》いことですね。でもお母様、魔術学校に通えるのは十六からですよ」

「そうね、ちょっと気が急《せ》いちゃったかしら。ともかく見かけたら早く来るように言ってちょうだい」

「ええ」

エリアはニコニコとしたまま、再び木陰のベンチへと戻った。

母は弟の話をするばかりで、十六歳という年齢を聞いても俺の誕生日を思い出すことはなかったようだ。


「――兄様！」

屋敷に入り自室へと引き返そうと階段を上った所で、頭上から俺を呼ぶ声がする。

「早速いたな、ヨハン」

「ついさっき兄様の部屋に顔を出したら、姿がなくて慌ててたとこなんだ！」

そう言いながら、十二歳になる我が弟が階段を駆け降りてくる。

「お父様とお母様に怪我の具合の報告をしていたんだ」

「てことは、もう大丈夫なの？　血がいっぱい出たって聞いたけど！」

「ああ、もう少し安静にしてたら傷も治るだろう」

「退屈だったんだよぉ、三日も眠ったままだから！　死んじゃったらどうしようかと思ったんだ！」

「……それは悪かったが、お前が退屈なはずはない。今ちょうど中庭でお母様がお前を呼んでいたぞ？　もうすぐ家庭教師が来るんだろう？」

「えっ、もうそんな時間？　やだなあ、面白くないんだもんあの先生」

「そう言うな。終わったらまた俺の部屋に来るといい」

「うん、そうする！　じゃあ、ちゃっちゃと終わらせちゃうからね！」

「ああ、頑張れよ」

ヨハンは俺の手を握りブンブンと振った後、正面玄関へと降りて行った。

その背中を見て、俺は一つ思い出したように問いかける。

「そう言えばヨハン」

「ん、なに？」

「お父様とお母様は俺が寝ている間どんな様子だった？」

「どんな様子って…………。うーん、兄様のお見舞いに誘っても『今忙しい』としか言わなかったから、よく分かんないけど」

「…………そうか。ならいいんだ」

「？」

俺は父と母と弟、それぞれに挨拶を終えて自室へと戻ってきた。

ベッドのシーツがいつの間にか取り替えられている。もうすでに姿はないが、カーラがやってくれたのだろうと思われる。

「病み上がりで屋敷の中を歩き回ると、さすがに疲れるな」

俺はため息を漏らしながら、ベッドの端に腰かけた。

家族それぞれとの会話は短いものだったが、今の頭で改めて自身の立ち位置を確認できたという意味では、意義あるものだったと言えるだろう。

父と母は俺の意識が戻ったと聞いても、まるで興味がない様子だった。眠っている間に様子を見にきたというのもどうやら嘘《うそ》で、本心から心配してくれたのは四歳下の弟、ヨハンだけのようである。

だがいまさらその事を、薄情だどうだと言うつもりはない。

ロニーという人間は十六年の間、幾度《いくど》となく両親の期待を裏切り続けてきたのだ。何のとりえもない息子を勘当もせず、表面上でも心配する素振《そぶ》りを見せてくれるだけまだマシと言うべきだ。

加えて、今の俺はそんな肩身の狭さなど、どうでもいいと思うようになっていた。むしろヨハンのように習い事に追われることもなく自由に動き回れる時間がある事を、幸運だとさえ思っている。

――――今の俺にはやりたい事がある。

その為には、きっと時間と労力がかかるはずなのだ。

「し、失礼いたします」

背後の扉が再び開かれる。カーラがお盆に載ったサンドイッチと紅茶を持ってやってきたのだ。

「食事をお持ちしました」

「ありがとう、いいタイミングだったな」

「あ、はい、中庭からお屋敷に入られるのが見えましたので……」

「皿はそこの机に置いておいてくれ」

カーラは頷《うなず》いて、言われた通りにする。

「食べたらまたお休みになられますか？」

「………ああ、いや、ちょっと書庫に用があるんだ」

「しょ、書庫ですか？　お暇でしたら、カーラが本を持ってきますが」

「大丈夫だ、多分言っても分から…………、待てよそうだな」

俺はそこまで言って、思いとどまる。

「どうせならまとめて本を持って来よう。大量にあるんだ、カーラも手伝ってくれるか」

「た、大量に本を……？　もちろん、お手伝いいたしますが、でもどうしてそんなに本がいるんでしょう？」

「いずれ話す。今はとりあえず運ぶのを手伝ってくれさえすればいい」

「…………」

俺が再度そうお願いをするが、すぐに返事はない。カーラは顎《あご》に手を当てて、眉根《まゆね》を寄せている。

「……どうした？」

「いえ、本当に、いつものロニー様ではないようで……。本当の本当に、怪我は大丈夫なのですよね？」

俺は心配げな表情を向けるカーラの頭にポンと手を置いた。

「本当の本当に、大丈夫だ。むしろ曇《くも》りが晴れたように頭がすっきりしているんだ」

◯

俺は一人机に向かう。書庫から持ってきた本で机のほとんどが埋もれており、置ききれなかった分が床にまだ積んである。俺はカーラが持ってきてくれたサンドイッチを頬張りながら、まず一冊目の本に目を通した。

文字が日本語ではないことに今更のように違和感を覚える。ただそれは日本人が英語の文章を理解できることと大した差はなかった。俺はペンを取り、情報を紙へと書き写していく。既に知っている事実でも構わない。今肝要《かんよう》なのは情報を整理することだ。

この世界には大きく分けて三つの大陸がある。

今俺がいるのはその中で最も小さな大陸にある国の一つ『マギア王国』である。

地図を眺めて一旦考える。この世界の地図がどれほど高精度かは知らないが、地図の右端と左端はどうやら繋がりを持っているようだ。この世界においての記憶でも、本の記述でも、宇宙という概念はこの世界にはない。

だが窓の外には太陽が照り、夜には星空が同じように見えていた事を考えれば、惑星という形を取って恒星の周りをまわっている可能性が高い。だがあくまで、可能性が高いにとどめておくべきだと思う。

地球の歴史を鑑《かんが》みても『天動説』が『地動説』へと移り変わるには多大な労力を要したし、世界が平らだと考えられていた時代もあった。そもそも世界線が違うのだから、別次元の概念で成り立った世界という事もありうる。

着目すべきは、この世界も概《おおむ》ね二十四時間で一日がサイクルし、四季があり、晴れや雨があるという事実だろう。これは地球における物理法則が、この世界でも通用するという証左《しょうさ》だ。重力があるので雨は地上に降って来る。雨が降って日光が差せば、熱エネルギーで水分が蒸発し空気中に反射して虹もかかる。俺がこうして呼吸ができているのは空気中に酸素があるからだろうし、という事は突き詰めれば原子と分子も存在する可能性が高い。科学技術が発展していないだけで、元の世界とこの世界の物理法則は非常に近しい――――、一旦そう仮定しても問題ないはずだ。

「ここまでを前提として、この世界で科学技術が発展しない唯一にして最大の原因が、これというわけだ」

俺はそう言いながら、本の山からひと際《きわ》分厚い一冊を引き抜いた。タイトルは『正・魔法歴史書』である。

この世界は物理法則の他に、もう一つの要素【魔法】によって成り立っている。むしろ重きを置かれているのは圧倒的に【魔法】の方だ。この世界では誰もが魔法を扱うことができる――――、そういう前提で全ての文化が形成されているのである。（俺のようにこんな年齢になっても一切の魔法が使えないような奴は、数十万人に一人だ）

おかしな話だとは思うが、俺のような欠陥品《けっかんひん》の体の中にも【魔力】は流れているらしい。血液が流れていない人間がいないように、この世界の誰しもに当たり前に流れているのが【魔力】なのである。

そしてこの書物曰《いわ》く、それは人間にだけ流れているものではない。

【魔力】とは【精霊】が与えた万物の源――――、ゆえに、動物、魚、植物にも魔力は流れているし、地面や水の中、空気中にさえ魔力は存在している。……これが果たして、この世界感独特のスピリチュアルな表現なのかどうかは判然としない。

だが、この【魔力】というものを、仮に【素粒子《そりゅうし》の一つ】と仮定するとどうだろう。人間の中にも、動物の中にも、自然の中のどの物体にも、それは含まれている。そう考えれば俺にも理解ができるようになる。

要はその未知の素粒子が、元の世界とこの世界の明確な違いであり、魔法という文化を生み出している原因であるのだ、と。

「だとしても、それが他の物理法則に干渉してくるというのは不思議だ。魔力というもの自体は火でも水でも電気でもない。それが個人の素質や意思によって大きく結果を変えるのは何故《なぜ》なのか――……」

「兄様、何やってるの？」

「うおっ⁉」

唐突に横から声がしたので、俺は本を落としそうになる。

「ヨ、ヨハン、何だ随分早かったな」

「何言ってんの。前話してからもう五時間は経《た》ってるよ？　むしろいつもより長引いちゃったんだ」

そう言われて窓の外へ目をやると、確かに夕日が山際へと差し掛かろうとしていた。

「いつの間にかそんなに経っていたのか……。にしても、ノックくらいしないと驚くだろう」

「したよぉ、何回も。……随分集中してたみたいだね、兄様」

「ああ、ちょっとな」

ヨハンは「ふーん？」と言いながら、本の山を見上げた。

「……兄様って本とか読むタイプだっけ。しかもこんな大量に」

「しばらくは部屋で静養《せいよう》が必要なんだ。読書くらいしか時間を潰す方法がないだろう？」

「暇なら僕と遊べばいいのに」

「ヨハンは勉強や稽古《けいこ》で忙しいじゃないか。大丈夫、俺の事は心配するな」

俺がそう言っても、ヨハンは納得しきれない風に首をひねった。

「………んん、やっぱりなんか変だ。喋《しゃべ》り方《かた》も、前の兄様と別人みたいだよ。自分の事も『俺』なんて呼んでなかったし、ノックにも気づかないくらい本にのめり込んでるのも初めて見た」

ヨハンはそう怪《あや》しむような目を向けながら俺の周りをぐるぐると回り、体を指でつついてくる。

一人称が変わればそりゃ違和感はあるだろうなと思うものの、ヨハン相手に前世の記憶が蘇《よみがえ》ったなんて説明する訳にもいかない。

俺が横腹をつつかれながら、どうしたものかとため息をついていると、ヨハンが不意に指を立てて、こんな事を聞いてきた。

「…………僕の好物を言ってみてよ」

俺はすぐに意図を理解し、即答してみせる。

「街のパン屋のベーグルサンドだろ」

「僕と兄様で一番やった遊びは？」

「かくれんぼだな、次が宝探し」

「十日前にやったボードゲームの勝敗は？」

「俺の負けだ、通算三十七勝二百九十二敗目」

「僕がずっと飼いたいって言ってた動物は？」

「猫。毛がふさふさなやつ。お母様がアレルギーだから飼えないけどな」

「お父様には言えない、僕の最大の秘密は？」

「買ってもらった指輪をトイレに流して失《な》くした事」

「正解だなあ……」

ヨハンは腕組みをして唸《うな》る。

当たり前だ。いくら出来の悪い兄だったとはいえ、ヨハンと過ごした十二年の月日が失われたわけではない。ただもう一つの記憶が蘇ったというだけなのだから。

「じゃあ本当に兄様なんだ」

「当たり前だ、見たら分かるだろ」

「でも明らかに雰囲気が違うんだよ。なんて言うんだろ、喋り方も爺《じじ》くさくなってるし」

「爺……⁉　いやまあ、頭を強く打ったわけだし、数日意識も飛んでいたわけだから、そのあたりでまだ多少混乱を……」

「まあ兄様が兄様なら、僕は別にどっちでもいいんだけど」

「いいのかよ」

そんな所で一応納得してくれたらしく、ヨハンは俺の隣に腰掛ける。

「それで？　何の本を読んでたの…………、うわ、すごい。メモがびっしりだ」

「いい機会だから魔法の歴史について復習してたんだ。これでなかなか目から鱗《うろこ》な情報もあってな、ほらこれとか——」

「…………」

メモを指さしてヨハンに見せると、目線が紙ではなく俺に注がれていることに気付く。

「僕は別に、兄様が魔法を使えなくても兄様が好きだよ」

「ん？　……ああ」

気を遣わせてしまったかと思い、俺は慌ててヨハンの頭を撫《な》でた。

「違うぞ、ヨハン。俺は別に劣等感からこんな事をしてるわけじゃないんだ。せっかく時間が余っているんだから、単に魔法について勉強し直したいと思った。ただそれだけだ」

　俺が弁明するようにそう言っても、対するヨハンは無言で口をとがらせるだけだった。

　賢く優しい子だ、と思う。よくこうもまっすぐに育ったものだと感心する。出来そこないの兄と良くできた弟。これは世界を隔《へだ》てても聞き飽きたような設定だ。

　両親から呆《あき》れられ、諦められ、いないものとして扱われている俺。

　両親から期待と愛情を掛けられ、それに応えて余りあるほどの才覚を示したヨハン。

　身体能力、頭脳、魔法能力、いずれをとっても俺が及ぶことは一つもない。普通に行けばもっと擦《す》れた子に成長してもおかしくはなかった。実際に両親は、兄のようにだけはなるなと繰り返しヨハンに注意をしている。ヨハンの教育にあたって、俺は分かりやすく駄目な見本なのである。

　だけれどヨハンは決して俺を見下すことがなかった。あくまでも兄として慕《した》い、接してくれている。魔法も使えない俺に、存在価値を見出《みいだ》してくれている。魔法が使えなくても好きだと言ってくれている。今までその言葉にどれだけ救われたか分からない。ヨハンがいなければ、俺はとっくのとうに逃げ出していた事だろう。

　両親はヨハンを跡取《あとと》りにしたいと思っているはずだ。そして、俺もそれを心の底から願っている。だけれど生まれの順番はいかんともしがたく、そう簡単にはいかないからこんなにも悩ましい。

「わ、分かったから、もういいよ」

ヨハンがいい加減恥ずかしそうに、頭を撫でていた俺の手を振り払う。

「ねえ、せっかく暇なら今度は僕と遊ぼうよ。何する？　ボードゲーム？」

「そうだな。この本をもうちょっとキリのいいところまで読んだら……」

俺はそう言いかけて、ふと思いつく。

研究には実験が必要だ。だが実験するにも俺は魔法が扱えない。ならどうすればよいのか。その正解が今目の前にある。

手伝ってもらえばいいのだ。

「なあヨハン、俺の勉強に付き合ってくれる気はないか？」

「え、何で⁉　やだよ、そんなの‼」

即答かつ全力で拒否された。

「……成績いいくせに勉強嫌いなのは変わらないんだな、お前は」

「だって、ついさっきまでみっちり稽古だったんだよ？　なのに何で今からまた勉強しなきゃいけないのさ！」

「いや、お前に勉強させようっていうんじゃない。ただ少し魔法を見せてほしいんだ」

「……魔法を兄様に見せる？　どうして？」

不思議そうに首をかしげるヨハンに、俺は机の上の本を手にとって見せた。

「本を読み直して分かった。この世界の本には【魔法の扱い方】は書いてあっても【魔法の発生原理】は書いてないんだ。まあ、誰もが生まれた時から使えるから当たり前なんだろうが、俺に言わせれば根本的な部分をすっ飛ばしてる。現にこの立派な本だって、精霊への感謝を抱《いだ》き～とか、強く念じて前に飛ばし～とか、できるまで繰り返し～とか、抽象的《ちゅうしょうてき》な記述ばっかりだ。これは全く以《もっ》て科学的ではない」

「…………カ、カガクテキ？」

「どうして魔法が何もないところから生まれるのか、どうして念じた通りの現象が起こるのか、まずはその原理を知るべきなんだ。原理を解明できれば、俺に魔法が扱えない理由も分かるかもしれない。正しいステップさえ踏めば、俺にだって魔法が使えるようになるかもしれない。科学とはそういうものだ」

「な、な、何言ってるかよく分からないけど……、に、兄様はやっぱり魔法が使えるようになりたいってこと？」

「うん？　いや違うな。俺はただ魔法を解明したいだけだ。その結果、俺が魔法を使えないとしても、それもまた十分な研究結果じゃないか」

「ああダメだ、何言ってるか一個も分からない」

ヨハンは妙にテンションの高い兄を見て怪訝《けげん》そうな顔をした。だけれど、俺は知の喜びに打ち震えている。だって、この世界には誰も解明しようとしていない美味《おい》しそうな不思議現象がわんさか転がっている。ワクワクするなと言う方が無理な話ではないか。

「前までの俺はただできないと決めつけて諦めてた。でもその実、何も努力なんかしていなかったんだ。あえて言おう、今までの俺は愚かだったと。だがその十六年間の無念に、今の俺が報《むく》いてやる。魔法の方程式とやらを奴らにつきつけてやろうじゃないか」

俺は笑みを浮かべ、空中で拳《こぶし》を握った。横のヨハンが呟く声が聞こえる。

「ほ、本当に頭打っておかしくなっちゃったんだ……」

第二章　魔法物理学

怪我《けが》から目覚めて、二週間が経過した。

頭の傷はほぼほぼ完治。触れれば膨らみが指に当たるものの、痛みはないし、瘡蓋《かさぶた》ももう取れている。そんなところで、この二週間のニュースを簡単におさらいしたいと思う。

〇

静養という名の公認引きこもり期間が終わり、俺は家族での食事の場に顔を出さなければいけなくなった。

だが、怪我の一件の事などまるで無かったかのように、俺は再び透明人間扱いに戻ってしまった。食事の席は母の『ヨハン自慢大会』に終始し、父がそれに頷《うなず》く形で最低限の会話の体《てい》が成り立っている。

これまではそれをおかしいとは思っていなかった。だが、今は分かる。笑顔を貼り付けたような母、機械のように頷く父、同じ話の繰り返しにうんざりするヨハン、いないものにされた俺。

これは家族の食事ではない。それを真似《まね》た別の何かだ。つつけばメッキが剝《は》がれ落《お》ちそうなおままごとである。俺はそれ以上考えることをやめ、ただ食事の摂取《せっしゅ》の場としてのみ考えることにした。

○

自室に籠《こも》ることが増えたある日、めずらしくカーラ以外の使用人が部屋に顔を出した。ジェイルという名の、昔から屋敷にいる執事だ。彼は俺が机に向かって本を読んでいるのを確認し「怪我の具合はどうか」と尋ねてきた。俺が「もう大丈夫だ」と答えると、ジェイルは無言で部屋を後にした。

父のドーソンに様子だけ報告するように言われたのだろうか。そのくらい食事の席で自分で聞けばいいと思うが、これも今の俺にはどうでもいいことなので放っておく。

そのほかめぼしいニュースはない。透明人間扱いである事に加えて、進んで自室に籠っているのだから当然だ。

○

さて、本日。

俺はため息とともに、ペンを机に投げた。

この二週間ひたすら本を読《よ》み漁《あさ》り、魔法に関して基礎の部分をおさらいしたものを、一旦取りまとめ終えたのだ。

メモを書いた紙が数十枚に及び煩雑《はんざつ》としてきたので、一度穴を開けて紐を通し『魔法物理学基礎』とタイトルをつけることにした。勿論《もちろん》これには本からの知識だけでなくヨハンの協力が多分に含まれている。

俺は自分の書いたメモに、改めて目を通してみることにした。

この世界の魔法は、大きく六つに分類される。

火、水、風、土、光、闇である。

これらは属性と呼ばれ、人によって扱える属性は異なる。

ほとんどの人々は一つの属性のみで、多くても三つほどの魔法属性を有するのが、この世界においての限界のようである。

それぞれの属性を簡単に言い表すとこうなる。

・火を出現させる。
・水を出現させる。
・風を起こす。
・土を操る。
・結界を生み出す。
・有毒物質を生み出す。

この世界において上記六属性は同列で取り扱われているものの、起きている現象の不可解さ、物理学的に見た時の実現難易度にはかなりの差異がある。

全てに同じ法則が当てはまるとは到底思えず、俺は目下《もっか》分かりやすい現象から解明していくつもりでいるが、全てに手をつけるには多大な時間がかかる事が予想された。

ちなみに、父ドーソンは水。母エリアは風。家庭教師に神童と太鼓判《たいこばん》を押されているヨハンは、水と風のハイブリッドである。

結果、一番初めの研究対象を俺は『水魔法』と決めた。

――まず、『水魔法』について本から得た情報を箇条書きする。

・魔法を操る際はほとんどの場合、手のひらを起点とする。
・生成された水は手のひらから一定の距離に浮遊する。
・生成された水の形は不定形だが、球体が基本である。
・熟練度や魔力量によって生成される水の量は変化する。
・熟練度や魔力量によって魔法を維持できる時間は変化する。
・球形を保ったまま前方に発射する技法がある。
・薄く変質させ、物体を切断可能にする技法がある。

発展技法はこの他にも無数にあるが、以上がどの本にも共通して書かれているような内容である。

これを受けて、俺はまずおおざっぱな仮説を立ててみた。『水魔法とは、空気中の水分を目視可能なレベルまで凝縮《ぎょうしゅく》させたものである』という仮説だ。

窓が結露して濡《ぬ》れるように、温度変化によって水分は気体から液体に変化する。この世界の空気中にも水蒸気が含まれていて、何らかの方法で密度を上げているのではないか、という事である。

そこで俺はヨハンの協力の元、まずは水魔法が発現する瞬間を観察することにした。

ハイスピードカメラなどあるはずもないので、なるべくゆっくりと発生させてもらうようお願いした。ヨハンは「何、その気持ち悪いお願い⁉」と言っていた。

魔法の発生過程は、思《おも》いの外《ほか》興味深いものだった。何故《なぜ》これについて取りまとめたものがないのかと、疑問に思った程である。

まず、（ヨハン曰《いわ》く）手に魔力を込める。

すると水が発生する前段階として、直径三十センチほどの球状空間が淡く発光する。

そして、その空間内に細かな粒状の水滴が無秩序に発生し、それぞれが大きさを増して合体し、すぐに塊《かたまり》と呼べる大きさに変わる。球状に完成した水の塊は、一定の速度で回転しながら宙に浮遊する。

これら一連の流れが、この世界の本では『まず魔力を込め、水を生成する』の一文に省略されているのだ。

いや、馬鹿か。俺はこの世界における科学的な素養のなさに愕然《がくぜん》とした。

だがガリレオが地動説の提唱を教会から断罪されたように、この世界での魔法というものは極めて神秘的なものとして捉《とら》えられている。

『精霊様』が人間に与えたもうた奇跡の力とされているので、そもそもこうした事細かな分析自体が無粋《ぶすい》とされている節があった。

なればこそ、俺は改めて手つかずの『魔法物理学』に無限の可能性を感じるのだが。

「——兄様」

不意に扉が押し開かれる。

「ノックがなかったぞ」

「ええ？　したよ、また集中してたんじゃないの？」

「いいや、今は休憩中だった。そしてノックの音は絶対に聞こえていない」

「じゃあ音が聞こえづらい扉なんだね」

ヨハンはもはやごまかす気もなさそうな言い訳をしながら、部屋へ入ってくる。

「何か用か？」

「何か用がなくちゃ来ちゃいけないの？　ていうか兄様、休憩してたとか言いながらまたがっつり勉強中なんじゃないか。遊ぼうよぉ、へいへいへい」

「勉強中じゃない。資料に目を通していただけだ」

「それを人は勉強と呼ぶんだよ」

ヨハンは妙に悟《さと》った風にそう言い、俺の手元を覗《のぞ》き込《こ》んでくる。

「それで？　進んでる？」

「いや、進んでいるとは言《い》い難《がた》いな……。まだ分からないことだらけだ。ヨハン、もう一度水魔法を見せてもらってもいいか。確認したいことがある」

「またぁ？　まあいいけど、今度は何するの？」

「水温を確認したい」

「水温…………？」

「魔法で発生した水は温かいのか、冷たいのか。これは重要な情報のはずなんだ」

「別に温かくも冷たくもないと思うけどなあ」

ヨハンは不承不承《ふしょうぶしょう》ながらも、手のひらをかざす。淡い光が生じ、水の球が浮き上がった。

「何度見ても超常現象……。しかしもし、これが空気中の水蒸気を液体にしているのなら、必ず温度が変化しているはずなんだ。温度が低ければ低い程、空気中に含まれる水分は少なくなる。冷たいコップの周りに水滴がつくように。なあ、浮いてるこの水の球は触っても大丈夫なものか？」

「大丈夫、今なら別に指が飛んじゃうとかはないよ」

「そうか」

俺は許可を取って水の球に人差し指を突っ込んでみた。緩《ゆる》やかな水の回転が指の腹に当たり、不思議な感覚がする。

「…………常温だ」

「まあ、そうだろうね。ちなみに多分念じても温度は変えられないと思う。やってみようか」

「じゃあ冷たくしてくれ」

「ん～～～～～～～～～～……………、どう？」

「特に変化は感じられないな……。つまり仮定した、温度変化による水蒸気の状態変化の線は薄い……。それにそもそも、これだけの量の水を部屋の中から集めるのは質量保存の法則からして無理がある気がする。部屋の湿度が変化している様子もないし……」

ならばポイントはやはり、水が発生する直前の淡い光だろう。

あれが魔法による光――、つまりこの世界独自の現象であることは間違いないとして、それが何もなかった場所に水を出現させているというのだろうか。

ヨハンが考え込む俺に、少し呆《あき》れたような目線を向ける。

「兄様、だから魔法ってそういうもんなんだよ。精霊に与えられた神秘の力、人知の及ばない奇跡、そう本にも書いてあるでしょ？」

「…………書いてあったな」

「僕は気にしないけど、あんまりいい見られ方はしないと思うよ？　この研究ってやつ。魔法は精霊様のおかげ、それが答えなんだからそれでいいじゃない」

「――ん。ヨハン、それは違う。色々やってみた結果でそういう結論になるのであれば、その時は俺も諦めよう。だが現時点でのそれはただの思考放棄だ。本に書いてあることを鵜呑《うの》みにするのも、実験もしない内から結論を決めつけるのも科学者の姿勢ではない。

宇宙だって結局、地球中心に回っている訳じゃなかった。神の存在を無下に否定する気はないが、それでも何かの法則があるはずだと、俺は思う」

きっと俺が熱く語った内容の半分も分かっていないのだろうが、やれやれといった風に肩をすくめてヨハンは言った。

「……まあ、勝手に納得いくまで考えればいいけど、あんまり長いと僕も付き合いきれないからね。案外疲れるんだよこれ」

「そうか、持続時間が人によって違うという話もあったな。ちなみにヨハンはこの状態でのどのくらい保てるんだ？」

「三十分くらいだよ」

「それは長いのか短いのか」

「……一応長い方じゃないかな。父様はこの半分が限界だって」

「そりゃすごいな。さすが神童と呼ばれてるだけの――、あいてっ！」

俺が素直な称賛《しょうさん》を口にするところへ、ヨハンが唐突に二の腕をパチンと殴ってきた。見ればまたも口を尖《とが》らせている。

「やめてよ。それ嫌いだっていつも言ってるじゃないか、そう言われるの」

「ああ、そうだったな、すまん。よしよし」

「……………子供扱いもいらないんだけど」

「難しいお年頃なことで」

ヨハンが大人顔負けの魔力の持ち主であることは間違いない。だけれどヨハンはそれを鼻にかけることを好まない。母が顔を見れば自分を褒めそやすのも、本当はやめて欲しいのだそうだ。

果たしてそれが俺に気を遣っての事なのか、その本当の所を尋ねることはさすがにできないけれど。

「話が逸《そ》れたな。ともかく魔力には限界量がある。ガスコンロもガスが切れれば火が消えるように、魔力という名のエネルギーが魔法において消費されていることは間違いない。それが体の中にあるものか、空気中にあるものか、正確にどちらかはまだ分からないが、個人差がある所を見ると体内に流れているものだろう」

「うん。魔力は体の中で生み出される――、僕もそう習った。それで手のひらから出すんだ」

ヨハンはそう言って手のひらを俺にみせる。何の変哲《へんてつ》もない綺麗《きれい》な手のひらだ。俺の知っている限り手のひらにあって何かを出すとしたら汗腺くらいなものだ。

……さすがに魔力が汗腺から分泌《ぶんぴつ》されるというのはいかがなものだろう、なんかちょっと嫌だが……。

「一応手のひら以外からも魔法を発現できると本には記載があるが本当か？」

「うーん、できないことはないけど、ぶっちゃけ難しい。イメージもしづらいし、手のひらから出すのが一番強力だしね」

「ちなみにヨハンはできるのか」

「でき……ないことはないけど」

言葉を若干濁《にご》しているのは、謙遜《けんそん》しているからか、できても微々たるものだからか。

本を読んだ印象とヨハンから聞いた印象を総合すると、手のひら以外から魔法を発現させるのは曲芸みたいなものなのかもしれない。だが、一応できるという事実は無視できない。出力の差があるなら、むしろ十分比較対象として有用とも言える、か……？

俺はしばし顎《あご》を摘《つ》まみながら考えを巡らせてみるが、やがて観念して天井を仰いだ。

「――いや、分からん。分からん要素が多すぎて頭がパンクしそうだ」

「ほどほどにしときなって。頭パンクしたらまた血が出ちゃうよ？」

「それはさすがに御免だな」

そう笑う俺を見て、ヨハンがふと思いついたように言う。

「ねえ兄様、気分転換にちょっと丘の方へ散歩しない？　ほら、あそこにはさっき話に出た精霊様の祠《ほこら》もあることだし」

「精霊様の祠？」

俺はそう聞き返してから、すぐに思い出した。

確かにナラザリオ家の統治するこの土地には、名のある水の精霊が祀《まつ》られている祠がある。それゆえか分からないが、この土地で生まれたものは水魔法の適性がある事が多いらしい。

「いいな、昼飯の後に行こうじゃないか。せっかく天気もいいことだし」

「やったね！　お昼は適当に拝借《はいしゃく》すればいいよ、兄様！　行こ！　今すぐ行こ！」

「い、今すぐ？」

「カーラ～！　着替え着替え着替え～！」

ヨハンは魔法の検証に付き合わされていた時とは打って変わって笑顔になり、飛び跳ねるようにして自室に帰って行った。俺は机の上に広げていた紙をまとめて引き出しにしまい、両腕を天井に向けて伸ばす。すると十六歳の若い体がゴキゴキと豪快な音を立てる。

外出はそう言えば久しぶりだと、俺は窓越しの太陽に目を細めた。

○

「──な、なんで⁉」

すっかり外行きの服に着替え終えたヨハンが、玄関で大声を上げる。ヨハンは玄関先に立つ人物と、横に立つ俺の顔を交互に窺《うかが》った。

「ごきげんよう、ヨハン様。たまたま近くに寄る用事がございましたので、ご無礼かとは思いましたが挨拶《あいさつ》に伺《うかが》わせていただきました」

まるで人形の様な顔立ちの金髪の少女が、恭《うやうや》しくスカートのすそを持ち上げて言う。

「迷惑でしたでしょうか」

「め、め、迷惑……………という訳じゃないけど…………！」

弟よ、口でそう言っていても表情に全て出てしまってるぞ、と俺は横で愕然と震えるヨハンを横目で見ていた。

「ロニーお兄様もご機嫌麗《きげんうるわ》しゅう」

少女は俺を見上げ、赤く小さな唇の端を持ち上げた。

「ええ、よくお越しになられました、フィオレット様。ヨハンも喜びに打ち震えているようです」

「あら、それはよかったですわ、うふふ」

「…………！」

ヨハンが俺の方を信じられないといった風に見上げる。そして俺の腕をつかみ玄関の脇に押しやった。

（ちょっと、何でそんなこと言うのさ！　今何とか穏便に帰ってもらう方法を考えてた

のに！）

（何を言ってる。隣の領地の侯爵令嬢《こうしやくれいじよう》がわざわざお越しになっているんだ。お茶も出さずにお返しするわけにいくか）

（で、でも、今から丘に散歩に行こうって……！）

（散歩ならいつでも行ける。だが、ここでフィオレット嬢の面目を潰しては、今後にかかわるんだぞ）

（知らないよそんなの！）

（馬鹿言うな、お前の許嫁《いいなずけ》じゃないか）

（ぐう……）

金髪のお人形のような美少女、フィオレット・グラスターク嬢は、ナラザリオ領と境界を伴《とも》にするグラスターク領侯爵令嬢である。歳《とし》はヨハンの三つ上、十五歳だ。

ナラザリオ家のヨハン、グラスターク家のフィオレットと言えば、領民が気の早い結婚話を噂《うわさ》するほどにお似合いの許嫁である。

十二歳にして文武両道、神童を地で行くヨハンだが、それに勝るとも劣らない才色兼備なお嬢様がこのフィオレットだ。魔法の腕前は華麗かつ優美、侯爵令嬢としての嗜《たしな》みを一通り身に着け終え、領民からも人気という非の打ちどころのないパーフェクト少女なのである。

昨年、両家の親同士の話し合いで二人の結婚が約束され、それ以来お互いの領地を定期的に行き来する間柄となっている。

――俺？　俺にはそんな大層なものはいない、だって相手が可哀想《かわいそう》じゃないか。

まあつまり、領地間の結束を深めるという意味でも、この土地をさらに発展させていくためにも、無下にできるはずもない相手ということだ。玄関先で追い返すなど論外である。

「いかがされましたでしょう。もしご都合が悪かったのであれば、また日を改めますが――」

「いえいえ、とんでもありません。ぜひ昼食をご一緒されていくとよろしいでしょう。なあヨハン？」

「あら、それはうれしゅうございますわ。よろしいのですか、ヨハン様」

ヨハンはフィオレットではなく俺を激しく睨《にら》みながら、絞り出すように言った。

「…………も、勿論ですとも……」

「ほら、早く応接間へ案内しないか」

「うう、分かったよ……。じゃあ、フィオレット、こっちに……」

「ありがとうございます。……お兄様はどこかへお出かけになられるのですか？」

「ええ、少し外に用事がありますし、二人のせっかくの食事を邪魔してもいけませんから」

「――えぇっ⁉　ずるい‼」

異議を申し立てたそうなヨハンを、俺は目線で黙らせる。

「…………」

「ぐっ」

「お邪魔なんてとんでもございませんが、ご用事であればお引き止めするわけにもいきませんわ。もし帰るまでに間に合いましたら、また」

「ええ、どうぞごゆっくり」

俺は会釈《えしやく》をすると、フィオレット嬢の横を抜けて玄関を出る。

見ればヨハンはフィオレット嬢の後ろで口をへの字に曲げて唇《くちびる》を噛《か》んでいた。

「……………ロニーお兄様」

そこへふとフィオレット嬢が呟《つぶや》くように名を呼ぶのが聞こえたので、俺は振り返った。

「なんだか以前お会いした時と雰囲気が変わられましたでしょうか……？」

その指摘に、ぎくり、と俺は思わず固まった。

「そ、そうですか……？」

「今まではこのようにお話しすることを避けられているように思っておりましたので……。いいえ、失礼なことを申しました、申し訳ございません」

「そんな、とんでもないですよ」

数度しか顔を合わせたことがないにもかかわらず、二言三言で違和感に気付くとは、さすが噂の才女である。両親など、二週間経《た》っても気付いていないというのに。

俺はこれ以上ここに留まれば、さらなる不信感を募らせるばかりだと思い、足早に屋敷を後にした。

○

グラスターク家の馬車が門前に停めてあるのを横目に、敷地外へ出る。

すると、

「ロニー様、どちらへ？」

またも俺を呼び止める声がある。振り返った先にいたのは執事のジェイルだった。

俺は一瞬何を聞かれているのか分からなかったが、少し経ってから行き先を聞かれていることに気付く。

「…………丘の、祠へ行こうかと」

「さようですか」

ジェイルはそうとだけ聞くと、会釈をすることも「お気をつけて」の一言もなく、屋敷の方向へと歩いて行った。

「なんだ……？　今まで俺の出かける先など気にしたことなんてなかったはずだが……」

俺はジェイルの背中を見て首をかしげながらも、せっかくの気分転換に不要な考え事はよそうと思い直して、再び歩き出した。

○

『精霊の祠』はナラザリオ邸から林道を抜けて、三十分ほどなだらかな坂を登ったところにある。小高い丘には膝丈《ひざたけ》ほどの草々が風になびき、頂《いただき》に立てば眼下にナラザリオ邸と、反対側に街並みが見下ろせる。

俺の横を、さわやかな春風が吹き抜けていった。

「怪我以前は何とも思わなかったが……、前世の無機質なビルに囲まれた風景と比べると、改めて素晴らしい景色だな。手つかずの自然のなんと青々しい事か……」

そんな我ながら爺《じじ》くさい感想を呟きながら、俺は丘の中腹にある石の祠を目指した。祠に足を運ぶのも案外久しぶり、昨年の収穫祭以来かもしれない。

祠と言っても神社にあるような木で組まれた屋根付きのそれではない。大きな岩をくりぬいて作られた、小さな洞窟《どうくつ》の様な造りになっている。まるで丘の上に巨大な隕石でも落ちてきたかのように縦長の大岩が地面に刺さり、人一人が入れるかどうかという入り口から、狭い通路が中へ通じている。奥行きもわずかばかり、二メートル程度のものだ。

狭く短い通路を進んだ先にあるのは、台座に置かれた蒼色《あおいろ》の水晶だった。

「祠と言っても風は吹きさらし、にもかかわらずこの水晶は汚れ一つない。これもまた謎だ。いや、みんなに言わせればこれこそ精霊様の御業《みわざ》なわけか」

この世界においては【精霊】という存在が人々の生活の基盤に深く根差している。魔法を人間に与えたのは精霊、世界に光が差し風が吹くのも精霊のおかげ、ひいては世界があるのも精霊のおかげである、と――。この考えは国境の隔《へだ》たりも関係なく、全ての人々が共有している思想になっている。

「だが俺は今、精霊なんていない、という仮定で研究を進めている。そんなスピリチュアルを認めたら物理法則の介入できる余地がなくなり、少なくともこの二週間の努力は白紙になっちゃうからな。精霊様からすれば、さぞ不信心な参拝者が来たものだって感じだろうが――」

俺は腰を曲げ、水晶の前に膝立ちになった。水晶は人の頭ほどの大きさがある。前世で知っているどの鉱石とも違う輝きを放っているそれは、おもわず現金に換算すると何千万するのかと皮算用してしまうほどに美しい。そもそもこれだけ大きく綺麗《きれい》な結晶が掘り起こされただけでも奇跡と言える。人々が神秘性を感じてしまうのもさもありなんである。

祠の中には台座と水晶以外何もない。外に看板が立っているわけでもないし、精霊の由緒《ゆいしょ》の説明文もない。簡素と言ってしまえばそれまでかもしれない。

しかしそれでもやはり、この祠の存在は特別なのだ。

「これが今に至るまで盗まれずに残っている事もまた、人々の信仰心の表れか。

……………ん？」

ふと、水晶の中で何かが動いたように見えたので、俺は水晶に顔を寄せる。水晶の中には細かな気泡が無数に浮いている。気泡が結晶の中に残ること自体はよくあることだ。ここまで蒼く透明な鉱石を俺は寡聞《かぶん》にして知らないが、やはり地中や洞窟内から採掘されたものなのだろう……。

――いや待てよ。これ、ちょっとおかしくないか？

水晶の中に気泡が残ってしまう事自体は不思議ではない。しかしそれは空気の泡の形がたまたま中に取り残されただけだ。しかし、この水晶の中の気泡は今、大きくゆっくりと円を描《えが》いて回っているように見える。中の空洞に水分が残っていると考えてもおかしい。仮にこれが水を入れるためのガラス容器だったとしても、気泡がこんな重力に逆らった動きをするはずがない。

「――――」

　俺は思わず水晶を手に取った。誰かに見られればさぞ咎《とが》められそうな行いだが、それよりも俺の知的好奇心が勝ってしまったのだ。俺が水晶を手に取っても、気泡はやはり一定の指向性を持って回転を続けている。

　ここは水の精霊の祠だ。とすればこの水晶にはもしかして【水魔法そのもの】が込められているのではないか――。故《ゆえ》にヨハンの魔法と同様に、球の中を魔力が回転をしていて――、いや、だとすればまた別の矛盾が――。

　俺は脳の中にある『魔法物理学基礎』の紙の束をめくった。それは確かに、魔法について取りまとめるうえで疑問に思っていた事でもある。

　――何故、水は手のひらの上に浮くのだろう。そして、どうして回転しながら球状を保っていられるのだろう、という疑問だ。

　手も触れていないのに、水は勝手に重力に逆らった動きをする。

　そうだ、重力に逆らっているという事は、そこには別の指向性が働いているという事ではないか。それは例えるならば無重力空間に浮く水滴のように。足元へ向かう重力が働かなければ、水滴に限らず物体は宙にとどまり、指でつつけば回転する。

　それに似た現象が、ヨハンの手のひらの上、もしくは水晶の中で起きているのではないか。

ヨハンが魔法を発動した時、水が現れるよりも先にまず魔法の光が起こった。水が出現する仕組みは不明だが、あの手のひらの上が無重力空間になっていたと考えれば、水が浮き、球の形の水が回転をしていた事には説明がつく。そしてそれを確認するのは難しくない。

加えて重要なのは、それが水魔法のみの現象なのかどうかという点だ。もしこの仮説が正しければ、他の属性の魔法の謎を解く足がかりになるかもしれない。

つまり魔法とは、手のひらの上に無重力空間を生み出し、指向性を持たせる性質があると――、

「さっきから、何ブツブツ言ってんの……？　いい加減ちょっと怖いんだけどマジ……」

「――は？」

「え？」

声が聞こえた気がした。

瞬間、俺はすっかりトリップしてしまっていた思考から現実へ舞い戻り、自分が今祠の中にいることを思い出す。手に持っている水晶に気付き、慌ててそれを元に戻したと

ころで……、やはり今誰かの声がしなかったかと思い直した。

振り返る。

しかしそこに人影はない。

「……びっくりした、一瞬ボクの声が聞こえたのかと思ったぜ」

「え？」

「え？」

やはり声がする。

俺は声がした方向に顔を向けた。

やはりそこに人影はない。

だが代わりに、小さな蛇のような生物が、そこには浮いていた。

それは青色で、一般にイメージする蛇の半分もない大きさだ。加えて眉間《みけん》には小さく白い突起が二つ。背中側には金色のたてがみの様な物がわずかに見て取れる。つまり変な蛇だ。

「あれ、やっぱり、もしかして、ひょっとすると、ボクのこと見えちゃってる？」

蛇が小さな口を開き、なんとも人間っぽい口調で尋ねてきた。

「………………………………………………」

対する俺は、目の前にある存在を脳で処理することができない。

断っておくが、この世界に魔法が存在するからと言って、こんなビックリ生物がいるなんてことはない。犬、猫、馬、牛などは以前の世界同様に存在しているが、よくファンタジーにありがちな『亜人』『魔獣』『モンスター』エトセトラはいない。この世界においても、それらは空想上の存在となっている。

だが、そのはずなのに、目の前に浮かぶそれはどう見てもエトセトラ側に分類されてしまいそうに見える。俺は動揺のあまり、思わずこう答えてしまった。

「…………み、見えてない」

「いや、見えてるし聞こえてるねえ⁉」

明らかに目が合う俺に対し、宙に浮かんだ蛇が叫ぶ。

「う、受け答えをするな。信憑性《しんぴょうせい》が増してしまうだろ。幻覚ならもっと支離滅裂《しりめつれつ》な事を言え」

「ボクの存在を幻覚として処理しようとしないでくれる？　せっかく数百年ぶりに誰かと喋《しゃべ》ったってのに、そりゃあんまりだぜ。いやしかし、どうして見えるんだろうなあ。見えない聞こえない触れられない、故にボクたちは人間の上位、精霊たり得ているはずなのに」

「……か、帰ろう。熱があるかもしれない……。もしくはやはりあの時脳に異常が――」

「えっ、帰っちゃうの⁉」

俺は額《ひたい》を押さえながら立ち上がり、ふらふらと祠の出口に向かった。だが、背後から泣きそうな叫び声が聞こえてくる。

「ちょ、ちょ、ちょっと待ってって！　数百年ぶりの話し相手にそんな帰られ方したらボク傷つくんだけど！　泣いちゃうぜ⁉　精霊を泣かすなんて、あんまり聞こえがよくないんじゃないかなあ⁉　せっかくだからちょっと話していきなって、ね、マジでちょっとだけでいいから。お茶とかは別に出ないけど！」

「…………」

「いや待って！　聞こえないふりしないで！　切ないよぉ⁉　無視ってイジメだよ⁉　ダメだって、ボクここから出られないんだもん！」

「…………」

「あ、あ、それに、さっきブツブツ言ってた独り言《ひとごと》、ボクちょっと興味あるんだよねえ！　詳しく聞かせて欲しいなあ！」

「！」

俺は思わず足を止めて振り返った。

それを見て、小さな青蛇はニコッと口角を上げる。そして戻れと言うように飛んできて、俺の肩先に絡みついた。その感触に、タチの悪い幻覚という可能性が消えてしまう。

俺は観念し、ため息を漏らした。

「………なんだって？」

「ほら、小難しい独り言をブツブツ言ってたでしょ？　しかも神聖な水晶を手づかみしながら」

蛇は背後の水晶を首で指し示した。

「て、手づかみしたのは認めるが……、独り言なんて言ってないぞ」

「言ってたよお。待てよ、ちょっとおかしくないか、とか。ムジュウリョクがどうとか、シコウセイがどうとか」

「それが本当なら、大分初めから考えが声に漏れてたことになるんだが……」

俺は眉根《まゆね》を寄せた。しかし独り言が無意識に漏れてしまうのは、科学者の頃にも指摘された覚えのある悪癖《あくへき》だった。

「分かった。それで蛇、興味があるというのはどういう意味だ」

「詳しく聞かせて欲しいんだ。なんならキミの役に立てるかもしれない」

「……役に立つ？」

「水魔法について調べてるんじゃないの？　そういう話だったと思ったけど」

「いや、それはその通りだが……、お前に何の関係があるんだ」

俺が問うと、蛇はキョトンと目を丸くした後に呆れるように言った。

「いやだなあ！　ボクは水の精霊だぜ？　水魔法について聞くなら、これ以上の相手はいないと思うんだけど？」

　今度目を丸くしたのは俺の方だった。

「…………待て待て待て。お前が精霊だと？　馬鹿を言うな、百歩譲って蛇が浮いて喋ることについては許容しかけていたが、精霊が実在するだなんて話を信じるわけにはいかない。精霊は人が生み出した想像上の存在だろう」

「いや、何を今更……。ボクさっきからずっと精霊だって言ってたはずだけどなあ。まあまあ、キミたちからすれば信じがたい存在であることは間違いないだろうけどさ。それにボクだってキミに姿が見えてることに驚いてるんだぜ？　驚きとしてはトントンと言っていい」

「いや、何一つトントンじゃない！　い、今、俺の目の前に浮いている蛇もどきの様な生き物が、魔法どころかこの世界を創ったと言われる精霊だと……⁉」

　俺が思わず声を荒らげると、蛇は誇らしげに胸を張って言う。

「そうとも！　そもそもキミがいるのは精霊の祠だよ？　精霊が現れてもなんらおかしくはないじゃない？」

「いや、それは、人間が勝手に精霊という存在を生み出して建てたからで……」

「違う違う。精霊がいるから、ここに祠があるんだ。精霊は存在する、ちなみに、ボク以外にもね」

「…………！　ば、馬鹿を言うな。そんなことは、あり得ない！」

俺はじりじりと寄ってきて精霊の存在を認めさせようとする蛇に叫んだ。すると、にやけ面《づら》だった蛇の口角が下がり、途端に無表情になる。

「…………あり得ない？」

「――――！」

俺はそこで、今何を言ったかを自覚した。

それが自分自身の信条に反する発言であったことも。

「どうしてあり得ないの？」

「…………あ、いや、すまん、今のは……、言葉の弾《はず》みだ……」

「なに謝っているんだい？　別にボクは何も怒ってなんかないよ。そう思う理由を聞いてるだけさ」

「いや……、違うんだ。今の発言は、自分が今までやってきたことを否定されたくなくての発言だった……。精霊の存在を認めてしまうと、科学的な検証の意味が消えてしまうから……」

「カガクテキ？　カガクテキってなに？」

「それは、少し説明が難しいんだが……」

精霊を名乗る蛇からの質問は止まらず、じりじりと壁に追い詰められていく。俺は、次第に自分の考えをまとめきれなくなり、本当に頭が痛くなってきた。

ともかく俺は、動揺していたとしてもあまりに浅慮《せんりょ》だった先の発言を恥じる。

自分の考えに固執《こしつ》して、不利な要素を否定するなんてのは科学者としてあるまじき態度だ。仮説はあくまで仮説。正しく証明されるまで、いつ覆《くつがえ》るとも分からない流動的なものだと知っているはずなのに。

「俺は今、『魔法』とは精霊という不確かなものに与えられたものじゃなくて、もっとちゃんとした法則性を持つ説明可能なものじゃないか、という考えで研究を進めていたんだ……。だからつまり、俺にとってお前の存在は都合が悪い……。居ては困る……………。…………いや待て、俺は精霊の祠で何を言ってるんだ？　もしかしてとんでもない罰当《ばちあ》たりなんじゃ……」

「あはは、あまりにも今更な心配だね。でも心配しないでよ。ボクはキミの考えを否定するために出てきたんじゃないぜ。むしろ逆と言ってもいいと思う」

「…………逆？」

「ボクはその考え方を支持する。あ、いや、ボクの存在を否定されるわけにはいかないけど、その他の部分、魔法は神秘の力なんかじゃないってところさ」

「ちょ、ちょ、ちょっと言ってる意味が分からないんだが……」

「いいトコついてるって言ってるんだよ。カガクテキとかは分かんないけどさ。それに、不信心だどうだというなら、ボクはむしろキミ以外の大勢にそう言ってやりたいね。あいつらは数百年経っても、魔法の表面上の部分しか見ていない。全くもどかしいったらないんだ」

「……………は」

　俺は余りにも予想外な事を言う精霊に口をあんぐりと開けた。俺の考えを否定する存在が、俺の考えをいいトコついてると言う。何なんだこの矛盾は。

「別に矛盾しないと思うよぉ。勘だけどさ、そのカガクってやつとボクが共存できる道もあるんじゃない」

「共存……？」

　俺は共存の意味合いがすぐに分かりかね首をかしげるが、蛇はそんな俺の周りを楽しげにくるくると飛ぶ。

「へイへイ、それで、何か質問とかないのかい。今のボクはかなり上機嫌だよ。時間が許す限りいくらでもウェルカムだ。あ、もしよければこの水晶もあげようか？　それでキミの部屋に飾ったりしてくれたら、ボクは話し相手ができるし、キミもいいインテリアをゲットできてお互いハッピーだよ？」

「いや、水晶あげちゃダメだろ……。神聖なものなんじゃなかったのか？　それに伯《はく》爵《しゃく》家《け》の息子が祠の水晶持ち帰るなんてニュースは、ちょっと目もあてられないだろ」

「ん？　ん？　伯爵家？　息子？　──あ、もしかしてナラザリオのとこの？」

「ああ、地元の伯爵家はさすがに知ってるんだな。長男のロニーが俺だ」

「聞いたことあるよぉ！　出来損ないのごく潰しで有名なロニーだよね！　キミだったのかぁ！　優秀な弟さんもいなかったっけ？」

「そんな楽し気に人の傷を抉《えぐ》るなよ……、まあ、その通りなんだが……」

「ふうん？　勉強もろくにできなくて救いようがないって聞いてたけど……、本当にキミのことかい？」

「……ああ、そうだよ」

　正確に言えば、二週間前までのロニーだが。

「ふうん、人間の噂なんてあてにならないってことかな？　まあいいや」

「質問──、だったか」

「イエス、エビシンイズウェルカム～」

「質問、と言ってもな……。そんな心構えなんてしてなかったから、何を質問していいものやら……」

　俺は頭を掻《か》きながら、何を聞くべきかを考えた。目の前に浮いている存在が【精霊】かどうか、その真偽はいったん置いておこう。未確認生物なのかもしれない。未知の魔法かもしれない。誰かが用意した高度なカラクリなのかもしれない。科学の及ばぬ高次元な存在なのかもしれない。

……そもそも、科学という尺度《しゃくど》で測れないといっても、科学自体が絶対ではない。科学とは手法であって、真理ではないのだ。重要なのはこの蛇は存在していて、対話ができ、【精霊】を名乗っているという事だろう。妙な思い込みにこだわって、有用な機会を失してしまう事の方が愚かではないか。

しかし、俺の二週間かけて組み立てた理論は、前世の知識に基づくもので、この世界の住人に通じるものではないというのが問題だ。精霊には重力という単語すら通じていないようだった。するとできる質問もまたかなり限られてくる。

この世界の本には書いていない。

ヨハンに聞いても分からない。

科学理論外の質問。

そんなものがあるだろうか。【精霊】という存在にしか分からないような事が——。

「——あ」

「おや？　どうしたかな？」

「あるじゃないか……。というか、これを今聞かなくてどうするって話だ……」

「なんだいなんだい？　ボクのスリーサイズかな？　上から六・六・五だよ」

「紐状生物《ひもじょうせいぶつ》のスリーサイズなんぞ興味あるか」

「じゃあ何かな？　一応ボクに答えられることで頼むぜ？」

「本当にお前が魔法を生み出した存在――、人間よりも高位の存在なんだとしたら何か分かるはずだ。もしこの質問に答えてくれたら、俺はお前を精霊だと正式に認めよう」

「まだ正式に認められてなかったんだ……」

俺の目の前に青色の小さな蛇が静かにたゆたっている。透明感のある輝きを持つ鱗《うろこ》が外からの陽光にきらめき、眉間の小さく白い二つの突起が顔の動きに合わせて小さく揺れる。

これは、科学者【山田陽一《やまだよういち》】としての質問ではない。

十六年間この世界で生きてきた【ロニー・F・ナラザリオ】としての質問だった。

「僕、……いや、俺は、どうして魔法が使えない」

「――――何故、魔法が使えないか？」

「そうだ。俺は生まれた瞬間から今まで、魔法のまの字も使えた例《ためし》が無い。医者が言うには体に魔力は流れているそうだ。だから俺だって一生懸命練習した。努力不足って訳じゃないはずだ、何せ他のみんなは赤ん坊の頃から一端を垣間見《かいまみ》せてるんだから。だから、そういう体質なんだって折り合いを付けていたんだ。今までは……」

俺の問いに、蛇型浮遊生物は裂けた口でにやりと笑った。

「魔法の生みの親、魔法を人間に与えたと言われる精霊なら、理由が分かるはずだって訳かい」

「そうだ。納得のいく理由があるなら教えて欲しい」

「なるほどなるほど。つまりキミはそんな自分でも魔法を使えないかと考え、別角度から魔法を調べているわけだね？」

「いや、それはまた別の話だ。俺のこの研究は、言ってみれば興味本位だな」

「あえ？　なんだいそりゃあ？　言ってることが一貫してなくない⁇」

「……………そう、かもしれないな。つまりこの質問は、俺と言うよりロニーのための質問なんだ」

「いや、ロニーはキミじゃないのかよ」

俺の話の支離滅裂さに、蛇は首をかしげる。

だが俺がこうなった経緯を一から十まで説明するつもりはない。

「詮索《せんさく》はいい。質問に答えられるのか？　答えられないのか？」

「……………」

蛇は無言で数度頷いた後、空中を縦横にくるくる回る。口元を結び、何かを考えている風だ。そう思って見ていると、蛇は俺の腹部に顔を近づけ「じゃ、おじゃましますよ～」と言ってそのまま臍《へそ》に食いついた。

「⁉」

俺は驚いて、その場でのけぞる。だが、食いついたかに見えた蛇は俺の体内に姿を消していた。……少なくとも、俺の目にはそう見えた。慌てて腹を手でまさぐるが、傷も痛みもない。もしかして見間違いだったのかと思い、辺りを見回してもやはり姿はない。

「な、なんだ？　おい、どこに消えた――？」

痛みはなくても、気味が悪い。内臓がもぞもぞとかゆい気がする。必死で自分の腹に向けて話しかけるが、しかし返答は返ってこない。

俺はしばらく狭い洞窟内でクルクル回っている変人と化した。

三分程経って、ようやく蛇が感触なく俺の腹から姿を現す。俺は出てきた箇所を思わず掻きむしった。

「……うるさいなあ、まったく。集中できなかったじゃないか」

「な、なにもいわずに、体内に潜り込まれたら慌てもするだろ……⁉」

「お邪魔しますって言ったじゃん」

「説明をしろと言ってる。今、お前は、俺の中で何をしていた」

俺がそう責め立てると蛇は「まあそう慌てなさんな」と口角を上げた。

「キミの質問に答えようと調べてあげてるんじゃないか。ボクにはね、魔力の動きが見えるんだよ。空気中の魔力も、生物の中に流れているのもね。つまり世界の見え方が、キミらとは随分《ずいぶん》違うんだ」

「ま、魔力が見える？」

「そうさ。精霊はすごいだろ。褒めたまえ、崇《あが》めたまえよ」

「だから、俺はお前を精霊と認めたわけじゃない。存在を許容しただけだ。認めてほしかったら俺を納得させてくれ」

「んー、精霊相手にすさまじい上から目線！　でも嫌いじゃないんだなあ、キミのそういう所。もっと仲良くなれそうな予感がするよ。ともあれ、実はもう残り時間があんまりないから、端的に言うね。キミの言う通り、キミの中には魔力が人並みに流れている。あ、これは他の人と同じようにって意味だけど……、人と違うのは出口がない、ってことだ」

蛇はそう言って細長い体で丸を作ってみせた。

「出口？」

「念入りに探したけどどうも間違いなさそうだ。出口がなければ、外に出しようがない。中でずっとぐるぐるぐるぐる回り続けるだけ。つまりセンス云々《うんぬん》、練習がどうの、知識がどうこうは関係ないのさ」

「関係ないって、それじゃあ……」

「ないものは仕方がない。口のないワインボトルからワインを飲むことはできないだろう？」

「無駄にお洒落《しゃれ》な例えなのがムカつくな…………。じゃ、じゃあ、どうして、俺には出口がないんだ」

「さあねえ、体質としか言えないかな。魔力の出口は、多くの人間にある器官みたいなものだから」

「つまり、それが俺の抱える疾患《しっかん》ってことか」

「違うって。キミは魔力を外に出せない体質、ただそれだけなんだって。太りやすいとか、背が高いとか、冷え性とかみたいに、身体的なひとつの特徴に過ぎない。そこに本来優劣はないはずなんだ」

「優劣がない……？　ひとつの特徴？　……はっ」

俺は思わず笑いをこぼした。

この魔法世界において、魔法が使えない俺が今までどういう扱いを受けてきたのか、どれだけ思い悩んできたのか、それを考えれば優劣がないなんて台詞《せりふ》は気休めもいいところだ。

あるはずの出口がない。なるほど、どうりでいくら頑張っても報われないわけだ。俺は生まれながらの欠陥品。そしてそれは、すでに痛いほど思い知らされていた事実ではないか。

「…………つまりだ、どう頑張っても俺には魔法が使えない。そういう事か、精霊」

「——お、あれ？　今精霊って呼んだ？　もうボクのことを信用してくれちゃったの？　キミの事だから、もっともっとごねると思ってたんだけど」

「まあ……、言ってしまえばもうとっくにごね終えてた話だからな。それに第三者からのお墨付《すみつ》きが貰えた。それだけのことだ。医者に言われるよりも幾分具体的で、むしろ腑《ふ》に落ちたくらいだ」

乾いた笑いが漏れた。

「——不思議とショックという気はしないな。言ったろ？　俺が魔法を使いたいから研究をしている訳じゃない。魔法が何たるかを解明できれば、俺自身がどうかは大きな問題じゃない。実験が多少面倒になるくらいか」

そうだ。結局、やるべきことはここに来る前と何も変わってはいない。ヨハンにも言ったことだ。俺は未練がましく魔法を使いたいがために魔法を解明しようとしているわけではない。今この世界に確かに存在している、未知の力の法則性を解き明かしたい。それだけなのである。いいじゃないか、自分では魔法が使えない男が魔法を解明するだなんて——。

「…………ロニーちゃん、ロニーちゃん。感慨深《かんがいぶか》げにしてるところちょっと悪いんだけどさ、ボクの話まだ途中なんだよね」

「……は？　途中も何も、俺は今の回答で納得したんだ。もう根拠を求めるのも面倒臭いくらいにな」

「いやいや、ボクは体質として魔力の出口がないって言っただけだよ。キミに魔法が使えないなんて言ってないぜ？」

「…………………………………………は？」

決め顔でそう言う精霊を、俺は理解不能という表情で見返す。

何を言ってるんだ、こいつは？

こいつこそ言っていることが一貫していないじゃないか。

「話は最後まで聞かなきゃだめだよ？　魔法が精霊によって与えられたものなら、使えない人間がいるのはおかしいだろ？」

「………いや、じゃあ……、体質がどうとかいう話は……」

「出口がなければ、出口を作ってあげればいい。簡単な事だよ。ふぁあっと、失礼」

「い、言ってる意味が分からない……！」

俺が精霊の話に頭を抱えている所へ、精霊がフラフラと絡まってくる。急に飛び方が危なっかしくなったのは、気のせいだろうか？

「次にここへ来るときに、今からボクが言うものを持ってきてほしい。このあたりでなら、手に入れるのはそう難しくないはずだよ」

「持ってきてほしいもの……？」

「そう。それはね――――」

　精霊はそう言って俺に耳打ちする。

「――そんなものでいいのか、しかし何故？」

「ふぁああ、ごめん。詳しく説明してあげたいのは山々なんだけど、急に眠気が来ちゃってね。タイムリミットらしいや。残念だけど詳しい話はまた今度。でも久しぶりのお話楽しかったぜ、ロニー」

「眠いって……、いやいや、ちょっと待ってくれ」

「無理無理無理無理。消えちゃう消えちゃう」

　精霊はそう言いながら水晶の方向へとゆっくりと漂っていく。大きい眼もみるみる開かなくなってきているようだ。

「また来てよね、約束だよぉ」

「そりゃあ来るが……、じゃ、じゃあ最後にもう一つだけ！」

「もう一つ？　ごめんだけど、質問はもう打ち切りなんだぁ」

　俺は水晶に吸い込まれようとする精霊の尻尾を摑《つか》む。今にも眠り落ちそうな瞳で精霊が俺をかえりみた。

「俺だけ名乗って名前を聞いてなかった。精霊じゃあ、今後呼び勝手が悪い」

「…………ああ！　あははははは」

精霊は笑い、そして今更のようにこう名乗った。

「セイリュウ。それがボクの名前だよ。勿論呼び捨てで構わないからね」

第三章　決闘の行方

セイリュウとの邂逅《かいこう》を果たして屋敷に帰る道すがら、俺は先の会話を脳内で反芻《はんすう》していた。

まさかこんなことになるとは思いもよらなかったが、精霊に出会い、知り合いになったなどというのは、もしかしなくても奇跡レベルの幸運だったのではと思う。

改めてヨハンがいなくてよかったとも思う。セイリュウの言い振りからすれば、奴の姿が見えるのは俺だけのようだ。その理由については考察の余地があるとは思うが、ヨハンの目の前で見えない相手と喋《しゃべ》りなどしたら、頭を打っておかしくなった兄の印象が救えないレベルになるところだった。

とにもかくにも、次にまた祠《ほこら》へ赴《おもむ》いたときにはもう少し進んだ話もできるだろう。持ってくるように頼まれた用途不明のお使いもあることだ。

あとは、あの水晶の謎。重力と魔力との関係性についても、検証しなおしたいところ――、

「ん?」

ちょうど屋敷の前門に差し掛かるところで、中庭の方角から人の歓声が聞こえてきた。

どうせまたヨハンだろう、いつものことだと自室に戻りかけた俺は、そう言えばフィオレット嬢が来ていたはずではないかと思い出した。昼食はもう摂《と》り終《お》わった頃のはずだ。では中庭で一体何の催《もよお》しが行われているのだろうか。

俺は珍しく興味を抱いた。

「一本! 勝者、ヨハン様! これにて二勝一分けと相成りまして、ヨハン様の勝利でございます!」

中庭を覗《のぞ》いた途端、高らかにそう宣言する声が聞こえる。

見れば中央の開けた広場に立つ二つの人影、そしてそれを囲むように喝采《かっさい》を送る十数の影があった。

中央に立つ一人は我が弟ヨハンだ。ヨハンはやや息を切らしながら目の前に立つ長身の男を見つめている。白みがかった金髪に切れ長の目、腰には遠目に見ても値打ち物と分かる剣を携《たずさ》えている。見た顔だ。名前は忘れてしまったが、フィオレットお付きの優秀と噂《うわさ》の騎士である。二人の間に審判らしい男が立っている所を見ると、行われていたのは恐らく模擬戦だろう。

俺は広場の向こう側で、両親とフィオレットが手を叩いて観戦しているのを見て、なるべく視界に入らないように中庭に歩を進める。

木陰《こかげ》に入ると、ちょうど試合を終えたばかりの二人の会話が聞こえてきた。

「お見事でございます、ヨハン様。お噂に違《たが》わぬお力、わたくしマルドゥーク感服いたしました」

「感服……？　見え透いたおべっかって、僕あんまり好きじゃないんだけど」

「何をおっしゃいます。現にヨハン様は勝ち越されたではありませんか」

ヨハンはその言葉を聞いて、フンと鼻を鳴らす。

「手を抜いた相手に勝ち越しても嬉しくないよ」

「――おや、お気付きでございましたか」

マルドゥークと名乗った男は少なからず驚いた表情をヨハンへ向けた。しかしそれは余計にヨハンの負けず嫌いを刺激したようだった。

「馬鹿にしてるの？　まあどうせ、気持ちよく勝たせるようにって言われてるんだろうけどさ」

二人の会話は大きな声ではなく、ギリギリ俺にだけ聞こえるくらいの音量だ。父母やフィオレットからは二人が試合後の感想戦でも行っているように見えるだろう。

「見抜かれないよう気をつけていたつもりですが、なかなか勘のお鋭い。しかし感心したということに嘘偽《うそいつわ》りはございませんよ。私と貴方《あなた》の実力差は、年齢による差のみでしょう。あと数年もすれば、このマルドゥークは足元にも及ばぬようになりましょう」

「そんな慰《なぐさ》めもいらないんだって……。ねえ、接待はもういいからさ、次は本気でやろうよ」

「……それはいけません。万が一怪我《けが》をされたらどうするのです」

「ならそれが本来の試合結果ってことだよ。誓う、僕が怪我をしても大負けしても、マルドゥークの責任にはならないようにするから」

ヨハンが食い下がるのを見て、マルドゥークは困ったように笑った。

「負けず嫌いな所は、他の貴族の方々と同じですが、しかしその負けず嫌いさはあくまでストイックさからでしょうか。全く、騎士団にスカウトしたいくらいですよ」

「………そんなのいらないよ。ねえ、じゃあこの場でなくてもいい、別の機会でもいいからさ」

俺は木陰に隠れてヨハンの横顔を見ていた。

元々ヨハンは負けず嫌いである。いや、正しくは手を抜くことを許さない性格と言うべきだろうか。ボードゲームや鬼ごっこだろうと、ヨハンは全力でやるように求めるし、ヨハンも全力を出す。まあ、どちらかと言うと俺の方が手を抜いてもらうべき側だったので、ああいったヨハンの顔を見るのは珍しいように思う。

「私が手を抜こうと抜くまいと、貴方が既に実力者と呼ぶにふさわしいことは明らかです。それで満足はしていただけませんか」

「嫌だ」

「ヨハン様……、私の立場もお考え下さい。あなたに万が一のことがあっては、私がドーソン様やフィオレット様に叱《しか》られるのです」

「だからそれはないって。僕が我儘《わがまま》を言っているんだから」

「さて、困りましたね……」

マルドゥークは頭を掻《か》き、何とも対処に困ったという表情でため息をついた。そしてわずかに辺りを見回すようにしてから言う。

「——では、このようにしてはいかがでしょう。今夜、他の皆様が寝静まった後に裏庭で手合わせをするというのは」

「裏庭で？　ここじゃなくて？」

「ここでは夜とは言えど目立ちましょう。裏庭は生垣《いけがき》もあり人目を避けられます。まあ多少手狭《てぜま》なので気を付ける必要はありますが、そこでなら全力をお出しするとお約束いたします」

「言ったね。分かった、それでいいよ。誰にも、フィオレットにも言っちゃ駄目だから。あ、あとロニー兄様には絶対」

「ええ、心得ております」

いや、聞いちゃったな……。

俺は顔をしかめた。まあ俺が関わるような話ではないし、ヨハンが俺に見せたくないというのも分かる。もしかしたら夜に部屋から覗くかもしれないが、ヨハンの向上心を尊重するためにもそ知らぬ顔をしておこう。

二人の所へ、ドーソンやフィオレットが声をかけにきたのを見て、俺はそそくさと中庭を退散したのだった。

○

「自室で？」

俺は思わず聞き返した。

「ええ、ロニー様のお食事はカーラに運ばせますので、本日の夕食は自室で摂っていただくようにと――、ドーソン様が」

「ああ、なるほどね」

俺はそこまで言われて理解する。ジェイルは頷《うなず》く俺を、敷居の向こう側から無感情な瞳で見下ろしていた。

「これはヨハン様、ひいてはナラザリオ家にとって重要な場でございますので、なにとそご理解を」

「ああ、理解してるよ。俺もヨハンの邪魔にはなりたくない。大人しく部屋にこもっているとするさ」

「ありがとうございます。では」

ジェイルはそう言って、機械人形のように去っていった。

せっかく着替えたのにな、と思いながら俺はベッドに腰かける。ため息が一つ漏れた。

まあ言いたいことは分かる。せっかくの会食の場に、出来が悪くろくに会話に参加しない男がいれば、楽しい雰囲気も半減だろう。俺だって変な気遣いを受けながら食事を摂るのはごめんだ。

だけれどそう言ってすぐに割り切れるのは【山田陽一《やまだよういち》】の方だけだ。

【ロニー・F・ナラザリオ】はどうしても思ってしまう。

僕がもう少し優秀ならばと。ヨハンまでとはいかなくても、人並みの才能があれば、せめて引け目なく家族と食事くらいはできたのではないかと。そうだった未来を思い描《おもえが》いてしまうのだ。

俺はベッドに横になった。すると思いのほか疲れていたことを実感する。右手の甲を額に当て目をつむれば、遠くの方から眠気が手招きをしているのが見えた。

朝起きて、ヨハンへ協力を仰ぎながら魔法書とにらめっこをし、玄関でフィオレット嬢と遭遇し、祠へ行って精霊と会った。そりゃあ疲れもする。というかなんだ三つ目のイベントは。フィオレット嬢の来訪と同列で並べるな、馬鹿か。なんで午前中まで物理法則云々《うんぬん》に頭を悩ませていた男が、幻想上の存在と知り合いになり、あまつさえ次も会う約束を取り付けているのか。こんなものを日記に書いて宿題として提出したら、日記帳を投げつけられるわ。

ごろん——、と俺は寝がえりを打つ。

精霊は言った。

今のこの世界はまだ、魔法のうわべの部分しか見ていないと。だからもどかしいのだと。つまり、今の魔法文化にはまだまだ発見されていない未知の部分があるという事だ。

それが本当だとすれば、俺にとっては喜ばしい事実と言える。研究の余地が残された題材ほど、科学者にとって魅力的なものは無い。精霊によってそれが裏付けられたというのは皮肉だが、差し当たっては重力と魔力の関係性、水の発生源、もし水魔法が解明できても、その先には他属性の魔法の原理——。

まだまだ先は長い。

ロニーの一生を使っても、解明はしきれないかもしれない……。だが、そのくらいでなくてはやりがいはない。科学とは……、地道な積み重ねだ。

くれぐれも焦りは禁物である……。

○

遠くで人が話すような、微《かす》かな音で俺は目を覚ました。

瞼《まぶた》を開ければ部屋は真っ暗。窓からは星空が見えている。

「……あのまま眠ってしまったのか……。んん、首いて」

俺は覚醒《かくせい》しきらない頭で、のそのそとベッドから立ち上がった。部屋の灯《あか》りをつける。

すると、机の上に夕食が置いてあることに気付いた。

「カーラか。せっかく持ってきてもらったのに申し訳ない」

俺はトレイに載せられている少し乾いたパンを口に放り込み、水で流し込んだ。

他の部屋の灯りが消えているところを見るとおそらく時間は夜中の二時か三時。草木も眠る丑三《うしみ》つ時《どき》である。眠りについたのが夕食時だったことを考えれば、たっぷり五時間程は眠ったらしい。以前の世界であれば夜中に起きてダラダラとテレビでも眺めるという方法があったが、この世界では夜中に起きても手持無沙汰《てもちぶさた》なだけだ。

そこで俺は、自分が目覚めたきっかけを思い出した。どこかで誰かの話し声が聞こえた気がしたから、俺は目を覚ましたのではなかったか。

廊下《ろうか》を覗く。だが、通路は真っ暗で誰かが起きている気配はない。俺は部屋に戻り、今度は裏庭へ面する窓を開いてみる。

「――――」

「――――」

話し声はどうやら外から聞こえているようだ。しかし、背の高い草木に阻まれて誰の姿も見えない。

ちなみに俺の部屋は他の家族の部屋から少し離れた二階の端にある。裏庭に面している部屋は少なく、使用人部屋を除けば俺の部屋だけだ。

「こんな時間に誰が話して……、そうか。あの二人か」

そこでようやく、ヨハンとマルドゥークが夜中の裏庭で手合わせの約束をしていたことを思い出す。

「正直気になるが、俺が見ていると知ったらヨハンは嫌がるだろうな。しかし……」

優秀な騎士と、神童と評されている二人の魔法のぶつかり合い。魔法書には書いていない生の魔法。これを逃せば、そうそう目にする機会もないだろう。

見たい。ぜひとも見てみたい。

俺はもう一度寝付くにはまだかかりそうだと判断し、二人の秘密の決闘を覗きに行くことに決めたのだった。

○

「来たね」

ヨハンが、こちらへ近づいてくるマルドゥークに言う。

「……はあ、気が変わっておられればよいと期待していたのですが……。こんな時間に起きておられるのも、本来はよろしくないでしょう」

「へへ、楽しみで寝付こうにも寝付けなかったよ」

星空の下、木々の葉の隙間《すきま》から差す月光が二人の姿を微かに照らしている。ヨハンは不確かな足元を確認するように、地面をぐりぐりと踏みしめた。

「じゃあさっさと初めて、さっさと終わらそう。誰かに見られたら僕も困るし」

「そういたしましょう。言っておきますが、一回限りです。どれだけお願いされても、アンコールはございませんよ」

「そこまで聞き分けが悪くはないよ。本気を出してさえくれれば、だけど」

「約束ですよ？」

「うん」

俺は勝手口の鍵を開け、裏庭への通路を通って、二人から少し離れた岩の後ろに隠れていた。

二人の会話は小声なせいもあって、微かに聞き取れる程度。姿も夜の闇と木陰に紛《まぎ》れて判然としない。魔法を観察しようというにはコンディションが最悪だが、バレると双方に不利益がありそうなので致し方ない。

「ルールはノックアウト制。もしくはどちらかが負けを認めるまでです。音を出してはまずいので剣の使用は今回に限り禁止、そのほか庭の木々を過度に傷つける行為なども禁止です。もし違反した場合、問答無用で反則負けとさせていただきます」

マルドゥークが腰に差していた剣を樹に立てかける。ヨハンもそれに倣《なら》った。

「剣の使用なしはいいけど……、このルールって、マルドゥークが早く終わらせたいからわざと反則負けするなんてことにならない？」

「そんな結末で納得いただけるのであれば、私はわざわざこんな場を設けたりはしませんよ」

「それもそうか」

「では開始の合図は、月が雲から顔を出した瞬間といたしましょう」

「わかった」

夜の裏庭を足元から冷やすような風が吹き抜けた。

頭上を見上げれば、ちょうど大きな雲に月が飲み込まれたところだ。辺りは真っ暗闇に包まれている。

「…………」

ごくり、と俺の唾《つば》をのむ音すら聞こえてしまうのではないかと心配になるほどの静寂《せいじゃく》。他には葉が微かに擦《す》れる音が聞こえるのみだ。

背後を振り返れば、灯りの一つもついていない黒い大きな屋敷の影が見える。ここから見て二階の一番右側が俺の部屋のはずだが、ここから見ると全く分からない。

もう一度強い風が足元を吹き抜けた。それに応じて頭上の雲の動きも早まり、隠れた月が雲の端まであとわずかという所までくる。

「――――」

「――――」

更に少しの静寂の後、裏庭にかすかな光が差した――、と俺が思ったのと二人が足元を蹴ったのはほぼ同時だった。

影の大きさが違うので一応見分けはつく。まず先制を仕掛けたのはヨハンだ。

ヨハンは前方に跳びながら、右手に魔力を注ぐ。すると生じる一瞬の魔力の光――これは昼間見るよりも分かりやすい――、だがそれは一瞬のうちに水の球に姿を変え、マルドゥークの頭めがけて射出される。しかも一つではない、放たれた魔法は計三つだ。

ヨハンが前方に飛びだしたのに対して、マルドゥークは試合開始の瞬間後ろに跳ねていた。ヨハンが先手を取ろうとしていたことを理解しての動きだろう、豪速で飛んでくる水魔法を最小限の動きでよける。

水魔法は後ろの木や地面に当たり水しぶきとなって消えた。

マルドゥークがそれを横目に見やる。と思った瞬間、既にヨハンは追撃を始めている。

ヨハンが今度跳んだのは上方向だった。

十二歳の少年が自力で跳べるはずのない高さ、地上二メートルほどの高さにヨハンは跳ね上がり、回転蹴りの要領でマルドゥークの頭にかかとを振る。

しかしそこも読まれていたのか、マルドゥークは瞬時に屈み、蹴りを躱《かわ》した。

「――――！」

外すと思っていなかったのだろう、ヨハンは驚きの声を漏らしかける。

だが追撃の態勢を整えようにも、今の自分がいるのは空中だ。高く跳んだ分、着地にも時間がかかった。

一撃目、二撃目を避けに徹したマルドゥークだったが、その隙は見逃さない。屈んだ体勢から掌底《しょうてい》を突くように無防備なヨハンの腹部に右手を伸ばした。

「失礼」

瞬間、壁に思いっきりぶつかったような鈍く低い音が響き、ヨハンの体が真後ろへ吹き飛んだ。

「がっは……！」

目測五メートルは飛んだのではなかろうか。裏庭の樹木に背中をぶつけたヨハンはうめき声を漏らす。衝撃で頭上の木の葉がいくつか降り注いだ。

俺はあわや骨折ではないかというような一撃を見て思わず立ち上がりかけた。留まったのは、攻撃をした側のマルドゥークが驚いたように声を上げたからだ。

「お見事です、ヨハン様……！」

「…………どうも」

ヨハンが首をひねりながら、立ち上がってそれに応える。それを見る限り、見た目ほどのダメージは負っていないらしかった。

「咄嗟《とっさ》に背中に水魔法を展開して衝撃を和《やわ》らげるとは、すさまじい反応速度でございます。二手目の風魔法を起点とする跳躍《ちょうやく》も見事でございました」

「試合中だよ、感想なら後で聞くから」

「左様ですか」

短い会話を交わしたのち、二人は改めて戦闘態勢を取る。

俺はヨハンが無事そうであることに安堵《あんど》しながら、先ほどのマルドゥークの発言内容を反芻した。

ヨハンが無事だったのは背中に水魔法を展開したから。俺の角度からは見えなかったが、ヨハンは樹にぶつかる瞬間、水魔法をクッション代わりにしたらしい。跳躍したのも同様、足元に風魔法を発現させて跳躍力を上げていたからのようだ。

以前本人から聞いた話では——、手のひら以外から魔法を出すことはできなくはない、ただ難しいということだった。

ヨハンが一体どこから魔法を発動させたのかが分からなかったのでは何とも言えない。魔法を発動する際の光さえも一瞬で見えなかった。手のひらから発動させた魔法を足の裏に使ったのか、それとも足の裏から魔法を発動したのか。

後でぜひとも真偽を聞いてみたいが、怒られそうで気が引ける。ともかく俺が読んだ本よりも、実戦的かつ高度な技法を目の当《ま》たりにしたのは間違いなさそうだった。

それだけで、見に来た甲斐《かい》があると言うものだ。

「参ります」

衝撃を和らげたとはいえ、やや体が重そうなヨハンに、マルドゥークが飛びかかる。

ヨハンは水魔法を放って動きをけん制するが、難なくそれを回避するマルドゥーク。

彼は、あともう二歩で届くという所で右手を下から上にアッパーをかました。

当然拳《こぶし》は届かない。しかし彼の右拳が光を帯び、また鈍く低い音が響いた。

同時に、ヨハンが顎《あご》を下から撃ち抜かれたように宙に浮く。それに数瞬遅れるように、頭上の木々がざわざわと揺れた。

俺はそこでようやく気が付いた。

――なるほど、マルドゥークも風魔法使いなのか。

俺もまだヨハンから数回見せてもらっただけの手つかずの分野だが、風魔法とは手元から風を巻き起こす魔法のはず。

現時点では温度差を利用したものではないかという仮説を立てているのみだが、彼の攻撃を見るとその程度で説明できるものではない気がする。今のは風と言うよりも、空気の塊《かたまり》で殴ったような音だった。

顎への容赦《ようしゃ》のない一撃。素人目《しろうとめ》にも、脳への影響が心配になるような攻撃だ。あそこに立っているのが俺なら、一度思い出した前世の記憶がまた吹っ飛んでいただろう。

「――――？」

そこでマルドゥークが目の前の光景を疑う。

攻撃を見舞ったはずのヨハンの姿がないのだ。目の前にあるのは先ほどヨハンが叩きつけられた樹の幹だけ。マルドゥークは一体いつ見失ったのかと、暗い裏庭を見回した。

次の瞬間、ゴッ――！　という先ほどよりも重く鈍い音が響く。

同時に姿を消していたはずのヨハンが地面に降り立つのが見えた。そこで俺は、先ほど下から殴りあげられたヨハンが、樹の枝の上に登っていたのだと気付いた。枝から飛び降りる際の勢いも乗せて、風魔法をお見舞いし返したのだ。

頭頂部を殴りつけられた形のマルドゥークが思わず体勢を崩す。

「――ッ」

「やーっと当たった！」

ヨハンは自身の顎を押さえながら、痛快そうにそう叫んだ。

「……まったく、本当にお見事ですよ……！」

表情は見えなかったが、マルドゥークは恐らく笑ってそう呟《つぶや》いた。

二人の試合が始まってから実時間としては五分程が経過していた。

ヨハンはその小さな体と俊敏《しゅんびん》さを持って裏庭を駆けまわり、マルドゥークに多彩な攻撃を試みる。しかし実際に有効打と呼べるのは結局、先の不意打ち一発だけ。マルドゥークはほとんどの攻撃をいなし、かわりに重いカウンターを返す。ヨハンもそのカウンターを何とか水魔法で緩和しようと試みているが、状況はジリ貧、ダメージは確実に着実に蓄積されているようだった。

痛みをこらえ息を切らすヨハンに対し、マルドゥークは息一つ切らしていない。

「……はあ、はあ、昼間はよっぽど手を抜いていたんだね……。勝てる気がしないや」

「恐れ入ります。これでも王都で騎士団長として務めておりましたので、さすがにまだまだ、ヨハン様に後れを取るわけにはいきません」

「――王都で騎士団長？　初耳だよ、それがどうして辺境の侯爵《こうしゃく》お仕えになってるの？」

「お話は試合の後、とおっしゃったのはヨハン様では？」

「実力差はもう痛い程分かったよ。本気が見たいなんて言った僕が浅はかだった」

「浅はかなどと。ヨハン様、これはお世辞でもおべっかでもございません。私は正直最初の一撃で、ヨハン様は負けを認めるだろうと思っておりました。ここまで長引いて、しかも決定打に至らないことに、心底驚いているのです」

「……ありがと。でも魔力の残り具合からしても、多分次が最後だ」

「左様でございますか。では、先ほどの質問には、今のうちにお答えさせていただいた方がよろしいでしょうか……」

マルドゥークは小さく頷き、髪をかき上げるようにしてから言った。

「部下を殺したのですよ。それも大勢の。要は左遷《させん》でございますね。傭兵《ようへい》にでも身を転じようかと思っていたところを、グラスターク家に拾っていただきました」

「――――こ、殺した？」

予期せぬ返答に、ヨハンが声を震わせる。

「ええ、私自身の手で」

「な、何か事情があったんでしょ？　そういうことでしょ？　事故だったとか……、マ、マルドゥークがそんなことする訳ないもんね⁉」

「おやおや、ヨハン様……」

暗闇の中に、マルドゥークの低い声が響く。声のトーンが先ほどまでとがらりと変わっていた。

「多少本気を引き出したからと言って、私の事をお分かりになったつもりですか？　そこまで親しくなった覚えはございませんよ」

「そんな………」

遠目に見てもヨハンが動揺しているのが分かる。対するマルドゥークはゆらゆらとした歩調で、ヨハンに一歩近づいた。

「ヨハン様、質問にはお答えしました。試合を終わらせましょう」

「――――」

「参ります」

マルドゥークが前方に手を伸ばす。手のひらが短く発光したかと思うと、空気の塊が複数射出される音がする。その弾《たま》は見えないが、ヨハンの胸部、肩、膝《ひざ》を捉《とら》えて後ろに吹き飛ばした。

ヨハンは空中で体勢を立て直すが、勢いは殺しきれず大きくよろめく。風の弾丸を避けるために、素早く樹の幹へと身を隠した。

「マルドゥーク！」

樹の陰からヨハンが叫ぶ。

「……………なんでしょうか」

マルドゥークは前方に手を伸ばしたまま答える。

「もし、僕が勝ったら……！　さっきの話をもっと詳しく教えてくれる⁉」

「…………」

暗闇の中で、マルドゥークが驚きの表情を浮かべたのが分かった。思わず伸ばしていた手を口元へと当て、笑いをこらえているようにも見える。

「勝ったら、ですか。ふふ……、ええ、いいですとも。ただし負けたらなしでございますよ」

「分かった！」

ヨハンがそう叫んだあと、再び辺りは静寂に包まれる。

何か反撃の機を見計らっているのだろうか。そう思っていると、樹の上からがさがさと何かが移動する音がする。それは樹から樹へ、素早く移り渡っているらしかった。

「先ほどの不意打ちはお見事でしたが、同じ手が何度も通用するとお思いですか？」

マルドゥークが頭上を見上げながら、ゆっくりとした足取りで進む。彼の右手が白く発光している。攻撃に備えて、いつでも反撃できる用意を整えているのだ。

——ガサッ。

音がして、彼は即座に首を振った。

しかし見つめた先には何もない。それでも確かに音はしたはずだった。

ガサ、ガサガサ、ガサガサガサガサッ。

今度はそこかしこから同じような音が聞こえる。何かがマルドゥークの足元で弾け、土へと還《かえ》って行った。頭上から無数の水の小さな球が降ってきているのだ。

マルドゥークはにやりと笑った。

「小癪《こしゃく》な……」

裏庭の木立から、大きな雹《ひょう》でも降っているかのような音がし始める。時々樹の枝が揺れるのも、ヨハンがいるからか、水の球のせいか分からない。

それでもマルドゥークは集中力を維持したまま、ゆっくりと歩を進めていった。

「——本気で、これが最後だよ」

葉が揺れる音の中から、ヨハンの声がする。

マルドゥークは声がする前に、気配に振り返っていた。

ヨハンは両手をめいっぱい広げ、両手のひらの上に特大の水の球を二つ用意していた。

暗いのでよく分からないが、どうやら相当な高速で回転しているらしく、回転で風を切

るような音が俺のところにまで届いていた。

ヨハンは、マルドゥークが動く前に両手から特大の水の球を放つ。それぞれは頭と胸を狙い、聞いたことのないような音を立てながら高速でマルドゥークに迫る。

ボッ！

何かが爆《は》ぜるような音がした。

俺には何が起こったのか分からない。だが、どうやらマルドゥークの体に着弾したのではないらしかった。

マルドゥークは右手と左手を固く握って顔の前に構えた体勢で、その場から動かない。

水の球はどこに行ったのかと、俺が眉根《まゆね》を寄せた瞬間――、

ドゴ、ドゴゴオッ！！！

俺の背後――、屋敷の方向からすさまじい音がした。俺は訳も分からず音のした方向を見る。

「…………………………え」

俺の目に飛び込んできたのは、信じがたい光景だった。

脳が思考を停止してしまい、俺は口をあんぐりと開けるほかない。

「お、俺の部屋が…………」

何故《なぜ》なら、さっきまで自分が寝ていた部屋の壁に、ダイナマイトでも使ったかのような大きな穴が開いていたのだから。

――ドサ
今度は木立の方から音がする。

「――あ」

そうだ、ヨハンは。

俺が我に返って二人の方向を見れば、そこには暗闇に立つ一つの影と、力なく横たわる一つの影があった。

横たわっているのはヨハン。

そしてそれに右手を伸ばして、虚《むな》し気《げ》に見下ろしているのがマルドゥークだった。

○

詳しい検分が行われたのは、結局翌朝になってからだった。

父と母、フィオレットとマルドゥーク、その他使用人が大勢、そして当然ながら俺も、裏庭に集まり大穴の開いた屋敷を見上げていた。

青ざめた表情のフィオレットが、深々と頭を下げる。

「ドーソン様、この度は何とお詫《わ》びをしてよいやら分かりません。当家の騎士があろうことか、ナラザリオ家のお屋敷をこのような有様に……。後日、父を連れて改めて謝罪に参りたいと思います」

その後ろでマルドゥークもまた、沈痛な面持ちでそれに倣っていた。

「言い訳の次第もございません。このマルドゥーク、いかなる処罰を受ける覚悟もできております。ただ一抹《いちまつ》の温情を頂けるのであれば、フィオレット様をお責めにならぬ様に」

それを受けてドーソンが腕を組みながら唸《うな》る。

一方被害者とも当事者とも第三者ともいえる、よく分からない立場の俺は、父母の斜め後ろに立ちながら、見る影もない自分の部屋だった場所を見上げている。

大きくがっぽり口をあけた穴の下には、大量の水が流れ落ちた跡だけが残っている。

やはり、この大穴の原因はヨハンの放った最後の水魔法だったとみて間違いないだろう。マルドゥークめがけて放ったはずのそれが、どうして俺の部屋に飛び火したのかは分からずじまいだが。

しかし不幸中の幸いと言うべきか、穴が開いたのは俺の部屋だけ。床が崩落することも、他の使用人の部屋に被害が及ぶこともなかった。強《し》いて言えば、二週間分の研究資料が壁の下敷きになり、水浸《みずびた》しになってしまったことくらいだ。せめてＨＤＤにバックアップでもとれていたらよかったのに――、などと場違いな感想を抱く俺。

頭を下げる二人を見て、しばし黙っていたドーソンが口を開いた。

「頭をお上げください、フィオレット様、マルドゥーク殿。確かに夜中に屋敷が揺れたのには驚きましたが、持ち主の息子は運よく部屋を空けていた様子、使用人に怪我もありません。壁など直せば元通りになるのですから、こちらとしても大事にするつもりはありませんよ」

ドーソンがそう言いながらちらりと俺を振り返る。それはあわやのところで命の危機を免れた息子に対して向けるには、なんとも感情の希薄な目であったが、一応会釈《えしゃく》だけ返しておいた。

しかしフィオレットの側は「そうですか、ありがとうございます」とはいかない。彼女は頰《ほお》に震える手を当てながら、屋敷の別の棟へも目を向けた。

「いけません、ドーソン様。運がよかったとはいえ事実は事実。もしロニー様が事故に巻き込まれていたらと思うと、あまりに恐ろしいことをしてしまいました。それに、ヨハン様も……」

「――問題はそこですな」

ヨハンの名前が出た途端、ドーソンがあからさまに表情を険しくした。

「あんな夜更《よふ》けに裏庭で、ヨハンとマルドゥーク殿が何をしていたのか、詳しくヨハンに確認する必要があります。マルドゥーク殿はどうやら、教えて下さるつもりがなさそうなので」

そこで初めて、ドーソンの口調に怒気の様なものが感じ取れた。横の母も同様、マルドゥークを唇《くちびる》を噛《か》みながら睨《にら》みつけている。対するマルドゥークは無言のまま、頭を下げるだけだ。

「ヨ、ヨハン様のご様子はいかがなのでしょう」

フィオレットが尋ねた。

「まだ目を覚ましません。念のため医者を呼んでおりますが、診断はこれからです」

「そう、ですか……」

「なんにせよ、詳しい話はヨハンが目を覚ましてからという事に致しましょう。フィオレット様には予定した帰りのお時間を、一旦見送っていただくよう」

「ええ、ええ、それは勿論《もちろん》でございます。ただ父に使いを出させていただけませんか」

「よろしいですとも」

ドーソンはそう言い、使用人たちにも屋敷へ戻るように指示した。

昨晩、秘密のまま決着がつくはずだった二人の決闘が、予想だにしない結末を迎えることになってしまったものだと、俺は頭を掻いた。

結局、その詳しい成り行きを知る者はマルドゥークしかいない。ヨハンは最後の一撃に魔力を注ぎ込んで倒れ未《いま》だ目を覚まさないし、俺と言えば遠巻きに見ていたくせに、肝心の最後の一瞬に何が起こったのかを見逃してしまった。

それでも事の経緯については二人の次に詳しいと言えるのだろうが、仮にこの場で決闘を覗いていたと証言しても、事態をややこしくしてしまうだけだろう。

なので、成り行きはヨハンに任せるしかない、という父の結論には俺も納得していた。

ただ、さすがに言っておかなければいけない問題が一つ残っている。俺は母を連れて屋敷に戻りかけるドーソンの背中に声をかけた。

「お父様」

「――――？　なんだ」

「それで……、私は当面、どの部屋で寝起きすればよろしいでしょうか？」

「寝起きとは…………。ああ、そうか。そうだったな」

そこまで聞いて、ドーソンは俺の言葉の意味を理解したようだった。まさか壁のない水浸しになった部屋で今まで通り過ごせとでもいうつもりだったのか。

――まあ、ヨハンの事が心配で、俺のことなど頭の隅《すみ》にもなかったのだろうが。

「三階に空いている部屋があったはずだ。そこを使え。部屋に元あるものは好きに使ってかまわん」

「………三階の……」

「カーラ！」

「ひゃ、はわわい⁉」

「ロニーの部屋の移動を、手伝ってやれ」

「か、かしこまりました！」

家財道具の移動ならもっと力仕事に向いた使用人がいるだろうにと思うものの、ドーソンはもはや興味もない様子で屋敷へと帰って行く。

頭を打っても、部屋に穴が開いてあわや死ぬところとなっても、父の関心は引けそうになかった。

「すまんなカーラ。どうやらお前は俺の専属使用人として認識されているらしい」

「い、いえいえ！　カーラでよければ何なりと、お手伝いさせていただきますが、あの、お部屋はどこに移られるのです？」

「………三階の空き部屋を使えとさ」

「ええ⁉」

俺がそう言うとカーラは口をあんぐりと開けた。

「もしかしてあの、埃《ほこり》まみれの倉庫の事です⁉」

俺はため息をつきながら頷く。

「どうやらそうらしい」

○

「――げほ、ごっほ……！　っくしょん！」

扉を開いた瞬間、濃い埃が俺の鼻を突いた。思わず顔を背け、くしゃみをする。

「ロニー様！　だ、大丈夫ですか？」

俺の後ろに控えていたカーラが、くしゃみの止まらない俺の背中を心配そうにさする。

「えっほ……、想像以上に酷い有様だな……」

「や、やっぱり何かの間違いなのでは……。これではカーラの部屋の方がまだマシです」

「間違いも何も、お父様にとっては俺がどこで寝るかなんてどうでもいいんだろ」

「そ、そんな……。でででではせめて、他にもっといい部屋を探す許可をいただくというのは」

「まぁ、確かに探せばマシな部屋はあるかもしれないが……」

俺はカーラが心配げに見上げるのを横目に、部屋に足を踏み入れる。

床には重厚な埃が敷き詰められ、歩くだけで煙が巻き上がる。しかも正体の分からない壺《つぼ》や家具などが乱雑に積み上げられていた。

「趣味の悪い陶芸品だな……、この置き物は……蛙《かえる》か何か……いや、猫かこれ。カーラ、とりあえず箒《ほうき》と雑巾《ぞうきん》が欲しい。バケツもいるな。……ん、なんだこれ、窓も錆《さ》びついてるじゃないか……ぐぐ」

「はい、只今《ただいま》持ってきま——じゃなくて、ロニー様！　ですから、わざわざ掃除などしなくても綺麗《きれい》な部屋はきっとありますって！」

カーラが既に部屋の中のものを漁《あさ》り始《はじ》めている俺にやめるよう訴える。

だが、俺は部屋を変えるつもりなど端《はな》からなかった。

「いいや、俺はこの部屋にする」

「どええ、な、何でです⁉」

「聞いてなかったのか？　お父様は部屋の物は好きにしろと言ったんだ。ならばお言葉に甘えて、この埃だらけの骨董品《こっとうひん》を、俺が有効利用してやろうじゃないか」

「はぁ………⁇」

第四章　朝市

この屋敷は貴族の邸宅というだけあってそれなりに広い。

ヨーロッパ風の建築様式は写真集にでも載っていそうな出立《いでたち》で、前門から玄関までには噴水を囲むように広い庭園、コの字形になった三階建ての屋敷の内側には、ヨハンが演習を行う中庭、右の棟の裏に裏庭がある。こんなに庭が広くても庭師が大変なだけだと思うが、伯爵家《はくしゃくけ》の格を見せつけるためにはなにかと必要なのらしい。くだらない、貯金残高でも見せ合っていれば楽だろうに。

さておき、父ドーソン、母エリア、弟ヨハンの部屋が正面の棟三階にある。廊下に出れば庭園、部屋からは中庭が見えるようになっている。

そして今、俺とカーラがいる元倉庫現俺の部屋が東棟三階の一番隅《すみ》だ。重要人物のいる部屋は真ん中、どうでもいいやつは屋敷の隅。実に分かりやすい。

さて長くなったが、俺は別に自分の処遇の悪さに異議を申し立てたいのではない。

この家は金持ちだと言いたいのだ。こんな風に倉庫に埃《ほこり》をかぶって眠る骨董品《こっとうひん》も百円や千円で買った代物《しろもの》ではなく、父かもしくはもっと祖先が、大枚叩《たいまいはた》いて買い集めたもののはずなのだ。

「つまり、こんな趣味の悪い陶器でも、持っていくところに持っていけばそれなりに売れるんじゃないかって話だ」

俺はそう言って、カーラに用途不明の猫の妖怪を模したと思われる陶器を持ち上げてみせた。

この部屋の存在は子供のころから知っていた。ヨハンが、かくれんぼの時に身の隠し場所によく選んでいたからだ。これらを金に換えようという発想が出てきたのは、前世の記憶がよみがえった故《ゆえ》の事である。ロニーの発想では、そんな選択肢は浮かんでいなかっただろう。

「う、売るのですか？　しかし、でも、それは、だ、大丈夫なのでしょうか？　怒られませんか……？」

「大事な骨董品がしまわれているのは別の部屋だろ？　俺が物心ついたころからこの倉庫の品揃《しなぞろ》えは変わってない。いまさら無くなったからと言って不都合があるはずもない」

「は、はあ……」

「それにお父様の言質《げんち》は取ってる。この部屋のものは俺のものだ。もし何か言われたら、カーラも証人になってくれよ？」

「い、嫌です、そんな責任を負うのは……。とりあえず掃除道具持ってきますね」

「ああ」

そんなこんなで、俺はカーラに協力を仰いで部屋の掃除、そして物品の品定めを始めた。

掃《は》いても掃いてもとめどなく出てくる埃、拭《ふ》いても拭いても一向に綺麗《きれい》にならない汚れ。そして乱雑に置かれた骨董品の山から出てくる、壺《つぼ》、甕《かめ》、鉄器、衣服、武器、本、家具、置物、小物、その他いろいろ……。

明らかに不要なものはこの際処分し、かつ売れるものと売れないものに仕分けるという作業、加えて俺が暮らすための机やベッドの用意は、まさに一日がかりの大仕事となった。俺が暇だったからいいものの、ヨハンだったら勉強や稽古《けいこ》に差し支えて大変なところである。

結局ようやっと日が落ちてから、これで今晩は寝られるだろうというところで、なんとか作業は終了としたのだった。その頃にはドブに落ちたのかと思うほどに俺の体は真っ黒に煤汚《すすよご》れ、カーラの髪もクモの巣まみれになっていた。あまりにもひどいので、自発的に夕食の席に加わることを辞退したほどである。

風呂に入り汚れをすべて流し終えた後、俺はこれから自室となる部屋のベッドにダイブした。

そう言えば、ヨハンはまだ目を覚まさないらしい。

父母や使用人たちは勿論の事、フィオレットやマルドゥークもさぞ気を揉《も》んでいるだろう。しかしやはり、単なる魔力切れにしては長すぎる。あの時、最後俺が目をそらした瞬間に、やはり何かがあったのではないか……。

そんなことを考えながら、やがて俺は夢も見ないほど深く眠った。

○

「ロニー様」

「――――」

「ロニー様、ロニー様」

「――――ん」

体が揺り起こされて、目が覚める。薄く瞼《まぶた》を開ければ見慣れない部屋の天井、そして肩をゆするカーラの姿があった。

「起きてください、ロニー様。もう朝ですよ」

「…………んああ、朝…………？」

「もう六時になっちゃいますよ」

俺は顔を顰《しか》めながら窓の外に目をやった。

まだ明けきらぬ淡い青空が山の上に見えている。小鳥の群れがそれを横切っていった。

「おい、まだ早朝も早朝じゃないか。昨日あれだけ働いたんだ、惰眠《だみん》をむさぼるぐらいの権利はあるはずだろ……」

俺がそう言って布団の中へもぐりこもうとすると、カーラが呆《あき》れた様子で言った。

「な、なに言ってるんです。朝市に行くから起こしてくれと言ったのはロニー様じゃありませんか」

「………………………………おお！」

俺はそう言われて布団から跳ね起きる。

よく見れば、カーラは既に外行きの服に着替えていた。

「忘れてた……、助かったよカーラ。しかしカーラも疲れてたはずなのによく起きられたな」

「カーラは八時間で自動的に目が覚めるのです。逆に八時間経《た》たないと地震があっても起きません。昨日の夜中の騒ぎで起きなかったのは、お屋敷でカーラだけだそうです」

「そのビックリ特性初めて聞いたぞ……」

俺は感心していいのやら呆れていいのやら分からないカーラの新情報に驚きながら、

適当な上着を羽織《はお》った。

「よし行こう。めぼしいものは昨日のうちに台車に載せておいたはずだな？」

「は、はい。裏口に用意してあります」

「そうか。じゃあ変に目立たないうちにさっさと行こう」

「や、やっぱり少し後ろめたいんです……？」

俺とカーラは、いつもより降りる階段が一つ多いことに驚きつつ裏口へ向かう。

さすがに朝が早い使用人たちと数人すれ違うが、みな横目でこちらを見るだけでそれ以上はない。そんな無関心さが、正直今はありがたかった。

――と、裏庭に出た所で、

「ロニーお兄様？」

と聞きなれない声が俺を呼ぶ。

「ん？」

振り返った所に立っていたのは誰あろう、フィオレット嬢だった。後ろのカーラは俺を壁にしてぎこちない礼をしている。

「どうされたのですか？　こんな早朝に」

「フィ、フィオレット様こそ。なぜこんな時間にこんな所へ、しかもお付きも無しに」

俺はそう言って裏庭を見渡した。

中庭や正面の庭園と比べると、ここはそこまで手入れが行き届いている風ではなく、ちょっとした林のようになっていると言った方が印象に沿《そ》う。ゆえに庭師の姿などもなく、今裏庭にいるのはフィオレット嬢と俺たちだけだった。

「……昨晩はあまり寝付けませんでしたので、少し朝の散歩にと思いまして」

そう言うフィオレットの口ぶりは暗い。たしかに顔色もよくないようだった。

当然、ヨハンの件が原因だろう。

「ご心痛はごもっともですが、フィオレット様がそう気に病むことはないと思いますよ。父も言っていたでしょう、大事にするつもりはないと………」

そう言いながら俺が目線を何となく走らせた先には、元俺の部屋——、大穴が開いた生々しい傷跡があった。まずい、と思ってすぐに目を逸《そ》らすがもう遅い。フィオレットはすぐさま頭を深々と下げた。

「この度は当家の者が取り返しのつかない事をいたしました……。詳しく聞いても答えようとはしませんので、マルドゥークとヨハン様の間にどのようなやり取りがあったのかは存じ上げませんが……」

「いえいえいえ、本当に気にしてませんよ俺は」

「お部屋の壁に穴が開いて気にされない方などいらっしゃるものですか」

フィオレットは逆に咎《とが》めるように頰《ほお》を膨らませる。

「……そ、そうですね、気にしてないというのはちょっと言い過ぎかもしれませんが、別にフィオレット様やマルドゥークさんのせいとは思いません。どうせヨハンがいつものように無茶を言ったのでしょう」

どうせと言うか、実際そうだし。

「しかし、本や家具が下敷きになったとも聞きました。替えが利かないものもあったのでは？」

「大したものなんてありませんよ。これが父の部屋だとしたら、事態はもっと深刻だったかもしれませんが、なにせ俺の部屋ですから」

「ロニーお兄様、そんな言い方は……」

フィオレットは呑気《のんき》そうに笑う俺を見ても、終始申し訳なさそうな態度を崩さない。

ちなみに貴族で使用人の不始末にここまで責任感を持てる主人というのは案外珍しい。使用人の不始末は使用人の不始末と、厳しく断罪する場合の方が多い。寛容《かんよう》と言うならばフィオレットだってそうだろう。

そこで、後ろのカーラが俺の裾《すそ》を小さく引いた。

「ロニー様、お時間……」

「──ああ、そうだった！　すみません、フィオレット様、ちょっと用事があるので、この場は失礼いたします」

カーラが指さした方向には、昨日選別しておいた骨董品たちが大きな台車に載せられ布をかぶせられていた。街までもそこそこの距離があるし、そこまで台車を引いていくのも大変だ。だからカーラに起こしてもらったのである。

そんな慌てる俺の背中に、フィオレットが不思議そうに問いかける。

「用事？」

「ええ、あの、ちょっと街の方まで行く必要がありまして、実は急ぎますので、すみませんが」

俺はそう言いながら台車に手をかけた。

街に辿《たど》り着《つ》かないといけないのは七時。普通に歩けばここから街まで道を下って三十分かかる。台車の事を考慮すると案外余裕はないのだ。

「あ、あの」

俺が台車を引き、カーラが押す体勢になっている所へ、フィオレットが駆け寄ってきた。

「不躾《ぶしつけ》ですが、私も一緒に行ってはいけませんか？」

「…………ええ⁇」

○

ゴロゴロゴロゴロゴロゴロゴロゴロ

荷物を載せた台車が、なだらかな傾斜《けいしゃ》を勢いよく下っていく。俺とカーラはそのスピード感にしり込みをしながら、必死にへりに摑《つか》まっていた。

「す、すごい……！」

「ロニーお兄様、分かれ道です。どちらでしょう」

「えーと、右、右です」

「右でございますね」

フィオレットがそう言って右手を振ると、台車がドリフトをかけるようにしながら方向転換する。カーラが震動で「あわわわわわわわわわわわわわわわわわ……」と妙な声を漏らしている横で、俺は興味深くタイヤの下の地面を観察していた。

何の変哲《へんてつ》もない土の道が、車輪の下だけまるで生きているかのように盛り上がり、車輪を回転させてくれているのだ。通り過ぎた後の地面を見れば、何事もなかったかのように元に戻っている。

『土魔法』

ナラザリオ領ではあまり見かけない魔法属性だ。

自然、参考にできる資料も限られていたため、俺の中での優先順位は当分後回しになっていた。それに、あくまで俺のイメージではあるのだが、水や風を操るよりも現象の不可解さは数段上な気がしていた。

実際目《ま》の当《あ》たりにして、その印象は強まったわけだが。

「手も触れずに土が形を変えるなんてことが、自然現象でありうるのか……？　強《し》いて言えば土砂崩れや地震……。土砂崩れは前提が違うから排除していいとして、地震——つまり震動という線は一考の余地ありだな。水魔法と同様に、手を触れずに土や砂の粒一つ一つに指向性を働かせているという……」

「あ、そろそろ着きそうですよ。停めますか？　……ロニーお兄様？」

「しかし力を働かせる物質の重さや質量は段違いに違う。この道は柔らかい土じゃなく人が通って踏み固められているものだし、それを動かそうと思えばスコップで掘ったって力が必要だ。それだけのエネルギーがどこから来ているのか……」

「ロニーお兄様ったら」

「——ん？」

「向こうに見えるのが目的地ではございませんか？」

「あ、ええ！　そうです！　この辺りで台車を停めましょう」

「かしこまりましたわ」

彼女は頷《うなず》いて右手を上げる。すると台車は慣性の法則によってしばらく進んだ後、自然に停止した。

「お時間には間に合いましたでしょうか」

「ええ。おかげさまで助かりました」

「ふふふ、それは何よりでございました」

俺が感謝の念を伝えると、フィオレットは純真な笑顔を見せた。金髪に薄いピンクのドレスを身に着けて笑う様はまさにお人形だ。

なぜ彼女が俺などの用事に付き合うつもりになったのかはいまだに不明だったが、裏庭で見かけた時よりは覇気が感じられるので、多少なり気分転換にはなったのかもしれない。

ともあれ、俺は俺で本来の目的を果たさなければならない。

「も、もうすでに人が集まっているようですね……」

カーラが台車から降りながら言う。

「ここに、この骨董品を買い取ってもらえる方がいるのですか……？」

「いや、正直分からん」

「えぇぇ？」

「ただ子供の頃の記憶では、お父様が朝市に来る古美術商の所によく顔を出されていたはずなんだ。今もそうかは知らないが」

「こ、古美術商、ですか……」

カーラが聞きなれない職業に難しげな表情を浮かべる。働き始めて日も浅い彼女は、お使いに来た機会も少ないだろうから尚更《なおさら》だ。

「この街の朝市は月に三度、早朝にあらゆるものが売り買いに出される。他の街や領地からも顔を出す人がいるらしいからな」

「な、なるほど……」

分かったような分からないような返答をするカーラと共に、俺は台車を引いて歩く。

俺の横を歩くフィオレットは、他領地の街の営みをふんふんと興味深げに眺めていた。

「野菜や生鮮食品《せいせんしょくひん》が多いようですね。まあ当たり前なのでございましょうけれど」

「そうですね」

フィオレットが言うとおり、地面に布や板を敷き、そこに食材を売りに出している者が通路を隔《へだ》てて並んでいる。一応は朝の七時からという取り決めのはずだが、既に売買は始まりつつあるようだった。こっちは荷物が多いので、あまり人が増える前に用件を終わらせたいところだが、大きな台車を引いて歩けばどうしたって人目を惹く。どうやら早くも俺に気づくものが現れているようだった。

真ん中の通路を台車を引いて進めば、自然と人目を惹《ひ》く。どうやら徐々に、俺の正体が周囲に認知され始めたらしい。

「――おい、ありゃあなんだ？」「さあ、やけにでかい荷物で、美人を連れてやがるな」「あ、ばかばか、ありゃあロニー様じゃねえかよ」「ロニー？　あのごく潰しのロニー？　ぁ、いって！」「馬鹿、あれでも一応貴族様だぞ、めったなこと言うもんじゃねえ」「しかしロニー様は階段から落ちて大怪我《おおけが》をしたとかいう話じゃあ」「さあな、そもそも朝市なんかに何の用なんだ……？」

街へ来たのは久々だが、聞こえる囁き声《ささやごえ》はまあろくなものではない。だからロニーの頃は、極力街に一人で来るのを避けていたのだったかと、今更ながら思い出す。

「後ろの使用人はいいとして、横のべっぴんさんは誰だ……？」「さあ、見たことがあるようなないような……」「あのごく潰しとまさかデートって訳でもあるまいが」

人々の関心の対象が、フィオレットに移り始めた。さすがに他領地のお嬢様となれば、名前はいざ知らず顔は知らないようだ。

俺と並んで歩くと悪目立ちしてしまうようだと、足早に露店の並ぶ市場を通り過ぎる。しかし当のフィオレットは露店に見向きもしない事に不思議そうだ。

「ロニーお兄様、どこまで行かれるのですか？　人もまばらになってきましたが……」

「聞いてた話だと……、確か朝市の奥に………お」

台車を引きながらきょろきょろとしていた俺は、ふとそれらしいものを見つけて声を漏らす。

「あら、何でしょうあれ。少し雰囲気の違う馬車がありますよ」

「あれっぽいですね……、ちょっと覗《のぞ》いてきます。少し時間がかかるので、カーラと街を見て回ってもよいかもしれません」

「そうですか、どうしましょうカーラさん」

「あへぇ⁉　え、えっと……⁉」

嬉しそうに街の様子を見渡すフィオレットと、急に名前を呼ばれて露骨に狼狽《うろた》えるカーラを残し、俺は台車から手を離す。

見つけたのは妙に大きく、刺繍《ししゅう》で装飾がされた幌馬車《ほろばしゃ》だった。荷台の後ろには扉が付き、ステップがしつらえられている。扉には『パテズ　アンティーク』と書かれていた。

「よかった、やっぱりこれだ」

俺は安堵《あんど》の念を抱きながら、両開きの扉を押し開く。

すると薄暗い荷台の奥に座っている人影が、ゆっくりと首を持ち上げた。丸眼鏡《まるめがね》をかけ、黒髪をオールバックにした細身で長身の男だ。歳《とし》はおそらく五十ほどだろうか。

「……………まだ、開店前だが？」

「すみません、ちょっと持ってきたものが多いので。えーと、パテさんは貴方《あなた》ですか？」

「パテは私だが、この店は子供の来るような店では……、――――ん？」

パテと名乗った人物は、台詞《せりふ》の途中で言葉を切り立ち上がる。そして俺の方へと近づいてきた。

「もしかして、ナラザリオのロニー……様、ではありませんか？」

「そうです。父がお世話になったと聞いてます」

俺がそう答えると、パテの表情がスイッチを押したように切り替わった。

「ええ、ええ、こちらこそドーソン様にはお世話になっておりますとも。ここ最近はお見掛けする機会が少なくなり残念ですが……、そうですか、お噂《うわさ》には聞いておりました。貴方がロニー様なのですね」

「へえ、父が俺の話を？」

「それはもう、自慢の息子だと常々《つねづね》話されておりましたよ」

「そうですか」

父が俺の自慢――、なんとも分かりやすい冗談だ。父が俺の名前を出すとしても、それは愚痴《ぐち》を言いたい時くらいだろう。そんなことを思うものの勿論《もちろん》口には出さない。俺が商人でも、お父様があなたの愚痴を仰《おっしゃ》っていたのでよく知っています、とは言わない。

「しかし今日はお一人のご様子ですが、一体こんな店にどうして。もしやロニー様も骨董品にご興味が？」

そう言ってパテは、馬車の中の簡易的な棚に並べられた壺やら陶器やらを手で示した。

しかし無論、俺にそんな趣味はない。

「いえ、今回は逆なのです。是非とも査定していただきたいものがありまして」

「買取のご希望でしたか！　もちろん承りますとも！　しかしそんなことならお屋敷まで私が参りましたのに」

「今度お願いする時は、そうさせていただきましょう」

「是非今後ともご贔屓《ひいき》に。あ、この名刺をお持ちください。本店はグラスタークに構えておるのです。ここに住所が」

「分かりました。では外にありますので」

「参りましょう参りましょう」

さすがにダメ息子と評判の俺でもナラザリオ家の名前は有用なようで、パテはうきうきと肩を上下させながら馬車を降りてくる。

俺は荷台に被せられた布をはぎとった。するとパテが驚嘆《きょうたん》の声を上げる。

「なんと、こんなにたくさんお持ちいただいたのですか……！」

「不用品の整理をしていたら、物がたくさん出てきまして」

「ほおほお、おお、これなどは一目で分かる年代物でございますよロニー様。ああ、すごい、この猫の彫刻は有名な彫刻家の作品でございますな。すごい、今朝の仕事はこの鑑定で終わってしまいそうだ」

「時間がかかりますか？」

「あ、いえいえ、ロニー様をお待たせする訳にはまいりません。このパテの審美眼にかけまして、超特急で特別大サービスの査定をさせていただきましょう」

「それは助かります」

パテはそう言うと言葉の通り、大急ぎで台車に載った骨董品類の品定めに移った。

これでもあの部屋に保管されていた物量から考えると半分以下だが、一応なり値が付きそうなものを選んだはずだ。そしてその見立ては、パテの反応からすると悪くはなかったらしい。

俺はパテが壺の裏側をひっくり返したり、リストと照らし合わせたりする様を、用意してもらった果物のジュースを飲みながら眺めていた。できればコーヒーがいいとは、さすがに言えなかった。

○

三十分後——、息を切らしたパテが駆け寄ってくる。

「お、お待たせいたしましたロニー様！　いやあ、素晴らしい！　本当に掘り出し物の山でございましたよ！」

「本当ですか、それは何よりです」

「細かな一つ一つの査定額のご説明はこれだけの量ですから省きますが、合計はこれほどになるかと思います。そして、初めて当店をご利用いただいたという感謝を込めて、さらにこれだけ」

そう言いながらパテが見せてきた紙を見て、俺は思わず顎《あご》が外れかけた。提示された金額が、俺がこのくらいになればいいなあ、と思っていた値段の三倍は優に超えていたのだ。

「だ、大丈夫ですか、こんなにいただいてしまって」

「全く問題ございません。先ほど申し上げた通り、掘り出し物の山だったのです。数十年前の年代物が、保存状態よく残っておりました。出すところに出せば、十分元が取れる計算でございます」

「そ、それならいいですが……、いやしかし……」

「ご満足いただけましたでしょうか？」

「勿論です。これで、是非ともお願いします」

「それは何よりでございます。では、さっそく用意してまいります。今しばらくお待ちいただけますか」

パテは俺の了承を受けて、満足そうに馬車の中へと引き返して――行きかけた。

そこへ、

「あら、ロニーお兄様。ちょうどよかった様でございますね」

と、フィオレットとカーラが帰ってきた。手にはいくつかの袋を持っているところを見ると、多少なり買い物をしたようだ。

「ええ、今査定が終わったところです」

「それは何よりです。…………おや？　もしかしてパテさんではありませんか？」

ふとニコニコとしていたフィオレットが、俺の背後のパテを見て目を丸くする。

そうか、本店はグラスタークにあるという話だったかと、俺は振り返った。

「フィ、フィ、フィオレット様………⁉」

するとどういう訳か、パテが冷や汗をドバドバ流しながら震え始めた。

「それが査定結果の紙ですか？　私も拝見してもよろしいでしょうか」

フィオレットはパテが手に持つ紙に手を伸ばす。しかしパテは過敏に反応して紙を後ろ手に隠した。

「あら」

と、フィオレットが首をかしげる。

「こ、これは……ですね、なんと言いますか、今ちょうどお金のお渡しの、えー、処理をする為にですね」

「ええ、お金は用意していただいて結構ですよ？　ただ査定結果を一目見せていただければ……、はしたないでしょうか？」

「い、いえ……！　そのようなことはないのですが、ええと……！」

汗を流して目を泳がせるパテの様子に、俺も首をかしげる。

「フィオレット様、お知り合いなんですか？」

「そうですね。グラスターク家の屋敷にも時折いらっしゃるので。……ですよね？」

「は、はい……、贔屓にしていただいております」

「そうですか。フィオレット様の顔見知りとあれば、なお安心ですね」

俺がそう振り返ると、またしてもパテが居心地の悪そうな笑みを浮かべながら肩を震わせた。フィオレットがそれを見て目を細める。

「そうですわね。だとよいのですけれど……」

そう言いながらフィオレットがパテに歩み寄り、彼の持っている紙をすっと引き抜いた。

「あッ！」

「ロニーお兄様、拝見してもかまいませんよね？」

「俺は構いませんが」

「～～～～～～～～～～～～～ッ！」

パテが取られた紙を取り返そうと腕を伸ばすが、フィオレットはそれをひらりとかわし、くるくるとスカートを膨らませながら台車の裏に隠れてしまった。フィオレットは査定内容の書かれたリストに目を通しはじめ、パテは青ざめている。

俺は何事かと場を見守るしかなく、カーラなどは買い物をした荷物を抱えて棒立ちをしたままだ。

なので次の瞬間、フィオレットが大声を上げたのには驚いた。

「────なんですの、これは!!」

「ひゃわわっ!?」

露骨《ろこつ》に一番驚いたのはカーラだ。カーラは思わず抱えた買い物袋を取り落としてしまっていた。

「ど、どうしました？」

「どうもこうもありませんわよ、お兄様！　こんなバカげたものは見たことがありません！　一体どうやったらこんな査定表が出来上がりますの⁉　ちょっとあなた、査定表ではなく評価基準書を持ってきなさい！　もう！　信じられませんわ！　プリプリですわたくし！」

頬を紅潮《こうちょう》させて体全体で怒りを表現するフィオレットに、俺とカーラはなおさら驚く。どうやら、査定表の内容がお気に召《め》さなかったようだが……。

すると俺の後ろからパテのか細い声が聞こえた。その顔色は青を通り越してもはや黒いと呼べるほどに悪い。

「フィ、フィオレット様、これは、違いまして、あのですね――」

「言い訳など不要です！　これがどれほどデタラメか、今から詳細に確かめます！　その間に逃げたら許しませんよ！　――いえそうね、マルドゥーク‼」

突然、フィオレットが頭上に向けて叫んだ。それはここに居るはずのない騎士の名前だ。しかし、

「…………お呼びですか、フィオレット様」

果たしてどこから現れたのか、一体いつからそこにいたのか、コートに身を包んだ長

身の騎士マルドゥークが細路地の奥から姿を現した。

「この者を逃さないように見張っておきなさい。いいわね」

「かしこまりました。……ですが、お嬢様は昨晩『あなたが事情を話すつもりがないなら、私もあなたと話してあげない』と仰《おつしや》られました。その件はいかがいたしましょう？」

「そんなことは今は些事《さじ》です！　ロニーお兄様が性質《たち》の悪い詐欺師《さぎし》に騙《だま》されようとしているのですよ⁉」

「かしこまりました」

恭《うやうや》しく礼をするマルドゥークはつかつかとこちらへ歩み寄り、パテの真横に立つと剣をスルリと引き抜いた。

「ひっ……⁉　マルドゥーク殿まで……」

「……あまり騒ぐなよ。こんな所で流血沙汰《りゆうけつざた》になってみろ、始末が面倒だ」

マルドゥークは冷ややかな目線を眼下へ向けると、引き抜いた剣を地面へと突き刺す。

パテはもう、腰を抜かしてガクガクと震えるしかできないらしかった。

俺はどんどんと大事になっていく事の成り行きについていけず、フィオレットに問う。

「フィオレット様、つまりどういう訳なんです……？」

「ご安心ください。実は私、目利きに多少の自信があるのです。フィオレット・グラスタークの名に懸《か》けて、この者に正当な買取金額を支払わせるとお約束しましょう」

金髪のお人形のような美少女は、そう言ってふふんと鼻を鳴らしてみせた。

○
「ぜ、ぜひとも、今後ともご贔屓いただきますよう…………」

背後から蚊の鳴くような声が聞こえるのにも振り返らず、いつの間にか四人となった俺たちは朝市を後にした。

しばらく歩いてから、フィオレットが不服そうに言う。

「本当によろしいのですか？　あの者がしたことは立派な犯罪です。ロニーお兄様が望めば、グラスタークに連れ戻して慰謝料なりを払わせることも可能なのに」

「いえいえ、これ以上彼からむしり取ろうとは思いませんよ。フィオレット様のおかげで、予定の数十倍の成果があったのですから」

そう。

結局あの後フィオレットが正確な査定を再算出した結果、パテが最初に提示した査定金額が、十分の一以上過小に申告されたものだと判明したのだ。ぼるにしてもあまりにひどいが、父ドーソンならいざ知らず、ごく潰しのロニー相手なら騙せると踏んだらしい。……実際フィオレットがいなければ、その目論見《もくろみ》通りになっていた訳だから俺は何も言えない。

俺はパテの小気味いい文句にのせられて、自分が騙されているなどとは微塵《みじん》も思わなかった。せめて買った時の金額くらい知っていれば違ったのだろうが、元々誰がどこで買ったかも分からないものなのだし、その辺りの相場に精通もしていないのだからカモられるのも当然だ。俺は自分の不勉強さを恥じた。

フィオレットにどこがどのくらい違っているのかを、事細かに理路整然と看破されたパテは、しまいには涙を流して土下座を始めた。

正当な金額を支払う、今後二度とこんなことはしないと誓うから――、と。

この騒動に、露店の方角にいた人々も何事かと様子を見に来る。彼らにはナラザリオ家のダメ長男がなぜか古美術商を土下座させているように映るだろう。俺は少し悩んだ結果、正当な金額が支払われるなら許す、これ以上目立つのも嫌なので大事にはしないとしたのだった。

「ロニーお兄様は甘いと、私は思います。今は反省の色を見せていても、ああいった輩《やから》はまた別の場所で同じことをするに決まっているのです」

「信用商売ですからさすがにしばらくは大人しくしているでしょう。それに、俺はこうして彼の名刺をもらっていますし」

「名刺？　そんなものは捨ててしまってよろしいと思いますが」

「いえ、俺は今後必要な機会があれば、グラスタークから彼を呼び寄せますよ。彼の弱みを握って、告発するかは俺の選択次第だ。捕まりはせずともこの事が触れ回られるだけで彼は終わりです。故に、彼は二度と俺を騙そうとは思わないはず。牢獄《ろうごく》にぶち込むよりもよほど生産的です」

「まあ」

　フィオレットは目を丸くした。

「………ロニーお兄様は、前からそんな悪いお人だったでしょうか」

「はは、悪人は俺の方ですか？」

「あ、いえ、今のは言葉の綾《あや》ですが……。しかしやはり以前お見掛けした時の印象とは違うような……気がするのです」

「元々こんなものですよ。以前は、あまりお話しする機会もなかったですから」

「それは機会がなかったのではありませんよ。前にお話しした時は、こうも気さくに接していただけなかったからです。……実は寂しく思っていたんです」

「そう……でしたか？　そんなつもりはなかったんですが」

「そうです。絶対にそうです」

「だとしたら申し訳ありませんでした」

俺が苦笑をすると、フィオレットもふふふと笑った。

自覚はなかったが、フィオレットの事を今までどこか自分とは関わりのない存在だと捉《とら》えていたのは確かだ。どころか自分とあまり関わっては、フィオレットが可哀想《かわいそう》だとさえ思っていたかもしれない。それは確かに彼女から見れば避けているようにも見えただろう。今思えば随分《ずいぶん》と卑屈《ひくつ》を拗《こじ》らせていたものだ。

反対に、俺の中での彼女の印象も随分と変わったように思う。

礼儀正しく清楚《せいそ》で、いかにもお嬢様然としたお人形のような女の子だと思っていたのだが、血が通っていて感情もあった。いたずらな冗談も言うし、些細《ささい》な事で笑いもする。

かつて科学者の頃は朴念仁《ぼくねんじん》と呼ばれ続けた俺にも、彼女が魅力的だという事は分かる。

ヨハンの結婚相手がこの子でよかったと、改めて思った。

「さて、ではそろそろお屋敷に戻りましょうか。ヨハン様の様子も気になりますので」

フィオレットがそう言う。

そう言えばいつの間にかマルドゥークが台車を引くのを交代してくれていた。フィオレットとカーラが買ってきた荷物は台車に載せてある。ちなみに覗いたわけではないが、買ったのは服だそうだ。彼女が俺に同行したいと言ったのは、予期せぬ滞在分の着替えを用意したかったからという面もあったようで、マルドゥークと喧嘩《けんか》していたから買い物も頼めなかったらしい。まあ結局こうしてついてきていたわけだが。

ともあれ、俺たちは賑《にぎ》わい始めた朝市をかき分けて、屋敷への帰り道を眼前に見ていた。

しかし俺は、フィオレットを振り返って謝る。

「……すみませんがまだ少し用事があるんです。なので先に帰っていただいて結構ですよ」

「あら、そうなのですか？」

「えっ、そうなのです⁉」

フィオレットとカーラが同時に意外そうな顔をする。そう言えば面倒なのでカーラにも言っていなかった。

「ここまで来たのです。少しくらいならご一緒しますけれど」

「いや、個人的な用事ですし、また時間がかかると思いますので。……ええっと、帰りはマルドゥークさんがいるので大丈夫ですよね？」

「ではお邪魔は致しませんわ。まあ、帰りがマルドゥークと二人というのは辛気臭《しんきくさ》くてあまりよろしくありませんが……、こら、何とか言ったらどうなのかしら」

そう言ってフィオレットはじとりとマルドゥークを睨《にら》むが、マルドゥークは無言無表情を貫いていた。

ヨハンとの一件をマルドゥークはドーソンにもフィオレットにも打ち明けていないら

しい。夜中に秘密で手合わせを行ったことに加えて、事の発端がヨハンの我儘《わがまま》なのだから彼から言い出しづらいのは分かる。

しかし、ヨハンがここまで目を覚まさないのに、彼がいまだ口を噤《つぐ》んだままな事に違和感があるのも確かだ。俺が見逃してしまった、決闘の決着の部分。どさりと倒れたヨハンに手を伸ばしていたように見えたマルドゥークは、何をしたのか——。

ヨハンが起きてすべてを話してくれるのが一番穏便に収まるのだろうが。

「ロニー様」

ふと、マルドゥークが俺の名前を呼んだことに驚く。

「えっ」

「ロニー様も、お帰りの際にはお気を付けください」

マルドゥークは高い身長からじっと見下ろしてそう言った。俺が戸惑《とまど》いながらも頷くと彼は会釈《えしゃく》をしてから屋敷の方へ歩き始める。

「あっ、こら、勝手に。ではロニーお兄様もあまり遅くなられませぬよう。またあとで。お買い物楽しゅうございましたわ」

「——ええ、俺もです」

俺は二人の背中を見送ると、朝市が開催されている場所とは別の、とある店を目指し始めた。骨董品を売ったのは、実はこのための資金調達が目的でもあった。

「あ、あの、ロニー様、ご用事とは何なのです？　カーラはてっきり朝市にご用事があるだけかと」

「実はこれからが本題なんだ。それとも屋敷で仕事があるなら、二人と一緒に帰っても構わないが」

「いいえ、お伴《とも》はさせていただきます。させていただきたいのですが、しかし、あの、これは非常に言い出しづらく恐縮なのですけれども……」

「ん？」

カーラがどうも歯切れの悪い調子でもごもごと言うので、俺は首をかしげた。

「カーラ、今朝は早起きをしたので朝ごはんも何も頂いておらず、実はかなりぺこぺこでございましてその」

「――ああ、そういうことか」

俺はお腹《なか》を押さえてもじもじするカーラを見て苦笑した。かくいう俺も、胃が動き出しているのを感じる。

「では先に適当な朝食を探しに行こう。こんなに成果があったんだ、ステーキ何百枚食べても痛くもかゆくもないぞ」

「そ、そそそ、そんなには、いくらカーラでも食べ……………られませんよ！」

「すごい間があったな今」

『ぐぅ』

言葉の代わりにお腹の音で返事をするカーラを連れて、俺はまたしても方向転換。軽く朝食を食べられる店を探し始めたのだった。

○

俺の部屋が一つ上の階に移ってからあっという間に三日が経った。

騒動の翌日、フィオレットらと朝市に赴《おもむ》いた俺は、別れた後に本来の用件をすませるためいくつかの店を回った。

それは手にしたばかりの資金を元に、ある『依頼』をするため。今後の研究活動において、必要なものの調達である。俺からすれば見慣れたそれらも、しかし相手側からすれば随分と風変わりな『依頼』に映ったに違いない。

ともあれ、依頼料だけは無駄に積んでおいたから、優先的に仕事をしてくれているはず。いつできるか約束はできないとの事だったが、今日あたり様子を見に行ってもいい頃合いだろう。

現在、およそ朝の十時。夕方に一度、街へ下りてみよう。そんなことを思いながら、俺は寝巻から部屋着へと着替える。

——コンコ、ガチャ「兄様」

「……ノックから開けるまでが早いぞ」

「あ、起きてた」

振り向けばいたずらげに笑うヨハンが、そこに立っていた。

「もう具合は大丈夫なのか」

「うん、もう問題ないって。ちょっとまだ気怠《けだる》い感じだけど」

「そうか……」

ヨハンの意識が戻ったのはちょうど、俺が朝市から帰ったタイミングだったようだ。

街から帰ってみると、屋敷の者が皆、上から下へバタバタ駆け回っていたので聞かずとも分かった。他のことなら人が集まる場所は控えるのだが、今回ばかりはさすがに俺も様子を見に行かないわけにはいかなかった。

丸一日以上寝ていたヨハンは最初は意識が朦朧《もうろう》としていたものの、やがて記憶が蘇《よみがえ》ってきたらしく、父母の質問にぽつぽつと受け答えを始めた。

それによって、マルドゥークに再試合を申し込んだこと、我儘を言ったのは自分であること、水魔法を放ったのは自分であることが分かり、口を噤んでいたマルドゥークもそれに同意した。

ドーソンは渋い顔をしていたが一応なり納得したようで、今回の件は双方不問にするということで話し合いは終わった。フィオレットからのどうしてもという頼みから、結局修繕費《しゅうぜんひ》はグラスターク家持ちとなったようである。まあ向こうにも体裁《ていさい》というものがあるのだろう。

初めは手足の痺《しび》れを訴えていたヨハンもさらに一日休むと起き上がれるくらいになり、今はこうして歩き回れるまでに回復している。それでも使用人らからは、あまり無理をしないよう諌《いさ》められているようだ。

……同じように俺が寝たきりになった時と周りの心配度合いがあまりにも違うことについては何も言わなかった。

「フィオレットがこれから帰るみたい。兄様も見送りに行く？」

「……ああ、そうなのか。今回は少し話す機会もあったし、顔を出しておこうかな」

「うん、フィオレットも兄様の話をしてたよ。友達になれてよかったたって」

「友達……とは違うと思うが……、なら尚更見送りはしないとな」

「そうだよ、行こ行こ」

「ちょっと待ってくれ。今着替え終わるから」

俺はそう言いながら、鏡を探し最低限の身嗜《みだしな》みを整える。

ふと、鏡の向こうのヨハンが小さな声で言った。

「あの……、兄様、その………ごめんね？」

「んぁ？　なんだ急に」

「部屋、僕のせいで移ることになっちゃったでしょ？」

ヨハンはやや俯《うつむ》きながら、様子が随分変わってしまった新しい部屋に目線をやる。

「それなら気にしてないと言ったろう。俺にとって収穫もあったし、お前も俺もこうして無事なんだ。なんの問題がある」

俺はそう言ってもはやすっかり慣れてしまった新しい部屋を見渡す。ベッドも書棚もある。机も椅子も用意した。なんの過不足もない。

「で、でも、もし兄様が部屋にいたらまた怪我をしてたかもしれないし……、それにせっかく兄様の書き留めたやつとか台無しになっちゃったから」

「心配するな。所詮《しょせん》あれは本の内容を取りまとめて、俺の予想を付け加えたものにすぎん。内容のほとんどはもうここに入っている」

そう言って俺は頭を人差し指でトントンと叩いてみせた。

「真の研究はここから――、いや、ひょっとするとそうだ、今日からかもしれない。そういう意味では絶好のタイミングだったとさえ言える」

「……真の研究が今日から？　今日、何かあるの？」

「街に行ってみないと分からんが、首尾よく行っていればな」

「え？　兄様、今日街に行くの？」

ヨハンは俺の言った『街』という部分に強く反応し、とたんに目を輝かせ始めた。

「ああ。夕方にでも行こうと思っている」

「え！　僕も行く！　街！」

「まあ別に構わ………、いや、待て。病み上がりのお前を連れて行くのはよくないんじゃないのか？」

「大丈夫だよ、何言ってんの！　この通り元気満タンだよ、見てよ！　びゅっ！　びゅっ！」

「いや、さっきまだ少し気怠いって……」

「今治ったんだよ！　部屋の外にさえ出してもらえなくて大変だったんだ！　あ！　それに兄様、僕を見捨てて一人で祠《ほこら》にいったでしょ⁉　あの埋め合わせをしてもらわないといけないんじゃないのかな⁉」

「いや、あれは別に見捨てたわけじゃ……。はあ、仕方ない。俺は連れて行ってもいいが、その事で責められるのはごめんだからな」

「大丈夫だよ、バレなきゃいいんだって、バレなきゃ」

「お前その考えでマルドゥークと落ち合って、寝たきりになったんだからな……？」

一度痛い目を見たはずなのにまるで堪《こた》えていない様子のヨハンに冷ややかな目を向けるが、当人はそんなものどこ吹く風だ。

「じゃあ予定早めてさ、フィオレットを見送ったらすぐ行こう！　時間が余ったら買い物でもすればいいんだし！　ね？」

「自分の許嫁《いいなずけ》にその言いぶりはどうかと思うなあ、お兄ちゃんは――」

ヨハンはもはや俺の言葉さえ耳に入っていないようで、俺の手を引いて玄関の方へと向かい始めるのだった。

第五章　魔素

「重ね重ね、この度《たび》は申し訳ございませんでした。ドーソン様」

フィオレットが馬車を背に、改めて深くお辞儀をする。後ろのマルドゥークも当然それに倣《なら》う。

「今回の事はヨハンの我儘《わがまま》が引き起こしたことでもあるのです。むしろご迷惑をおかけしたのはこちらなのですから、もうお気になさらぬ様に」

「いえ、父からも重ねて謝罪をしておくようにとの手紙がございました。修繕費《しゅうぜんひ》につきましては必ず当家で支払わせていただきます。また此度《こたび》の借りは、他の形でお返しいたします」

「参りましたな。当家はグラスターク家とは対等にお付き合いをさせていただきたいのです。貸し借りのお話など無粋《ぶすい》でしょう、これからも変わらぬご交誼《こうぎ》のほどをお願いいたしますよ」

「そう言っていただけると助かります」

フィオレットはようやく頭を上げ、柔らかな笑みを見せた。

「それではヨハン様、お邪魔いたしました。なにとぞお体にはお気を付けください。元気になられましたら、今度はグラスタークへ来てくださいませ。最大限のおもてなしをさせていただきますので」

「うん、分かった。またね。あ、マルドゥーク」

ヨハンはフィオレットに微笑《ほほえ》みを返した後、背後のマルドゥークを見る。

「はい、何でございましょう」

「今回は巻き込んじゃってごめん。でも楽しかった、またちゃんとした場でやろう」

「とんでもないことでございます。またお手合わせできる機会を、マルドゥークも楽しみにしております」

「それとあの約束、僕忘れてないからね」

ヨハンが少しいたずらっぽくそう言うと、マルドゥークは少し驚いた顔をした後に、目を細めて頷《うなず》く。

「約束……、ええ、左様でございますね。ふふ、負かされるのが楽しみというのは、初めてでございます」

実力を出し合った二人にしか分からない空気感に、フィオレットは何となく疎外感を感じている表情。母エリアも、復調したばかりのヨハンがすぐに再戦の約束を取り付けていることに渋い顔で、ドーソンなどはマルドゥークを少し睨《にら》んでさえいたが、口出しはしないようだ。

フィオレットがふと、俺に顔を向ける。

「ロニーお兄様も、是非ヨハン様と一緒にいらしてくださいね。グラスタークにはまだお越しになったことがないでしょう？」

「……そう言えばそうですね」

「絶対来てくださいね？　約束ですよ？　ロニーお兄様にもご迷惑をおかけしたのですから、おもてなしさせていただかなければ」

「フィオレット様には俺の方が助けられたではないですか」

「あらそうでした。ではお礼をしにいらしてください」

フィオレットはそう言ってコロコロ笑う。その無垢《むく》な笑顔に、俺からも自然と笑みがこぼれた。

彼女はそれから二言三言交わしたのち、すでに仲直りをしたのだろうマルドゥークの手を取りながら、馬車に乗って屋敷を後にしていった。その背中を見送った後屋敷へと引き返す父母と使用人らの中、俺の袖《そで》を引っ張るものがあった。

もちろんヨハンである。

ヨハンは満面の笑みを浮かべながら、無言で「さあ、街へ行こう」と訴えていた。

○

店を訪れると、奥から坊主頭の初老の店主がのっそりと顔を出した。そして俺の顔を見て「ああ、来たか……」と漏らしながら、頭を掻《か》く。

俺が訪れたのは街の一角にある工芸品店だった。店に一歩踏み入ると、樹と鉄の匂いが混ざったような、どこか懐かしい匂いがする。店内は決して広くはなく、四方に設《しつら》えられた棚に皿やガラス細工、鉄の装飾品などが並べられているので余計に手狭に感じられる。

「どうですか、進み具合は」

「ううむ、できてるにはできてるが……、果たしてこれでいいのかどうか……」

「見せてもらっても？」

「じゃあ入って確認してくれ」

俺が店の奥へと歩を進めると、ヨハンも「……？　何で兄様がこんな所に？」と言いながら、不思議そうな顔でついてくる。

店主をしている坊主頭の男の名はルノルガ。

表情に乏《とぼ》しくやや強面《こわもて》で、俺を伯爵家《はくしゃくけ》子息《しそく》と知りながらなお平時の態度を崩さない彼は、俺の無茶な依頼を引き受けてくれた唯一の人物だ。

他の工芸品店にもいくつか同じ依頼を持ちかけたのだが、ごく潰しのロニーがよく分からない注文を持ってきたという事で門前払いする店がほとんどだった。依頼料を余分にもらえればという前提ではあったが、この街に依頼を受けてくれる店がないと、別の街まで行かなければいけないところだったので素直にありがたかった。

店舗部分の奥に進むと案外広い工房がある。

工房は土の床で一番奥に竈《かまど》があり、裁断機や作業台などが乱雑に並べられている。陶器もガラス細工も全て製作はここで賄《まかな》っているらしく、しかも全てルノルガ一人で行っているのだそうだ。

そんな工房の作業台の一つに、透明なガラスで作られた容器らしきものが複数並べられていた。それを見た瞬間、かつての記憶が蘇《よみがえ》り、俺は思わず感動の声を漏らした。

「おお……！」

「貰った図面通りにはなっていると思うが、ガラスの厚さなんかは若干儂《わし》の独断で作った所がある。気に入らない所があれば言ってくれ」

「拝見します」

俺は頷きながらガラス器具の一つを手に取る。ヨハンがそれを覗《のぞ》き込《こ》むように首を伸ばしてきた。

「………何これ？　どれも見たこともない形してるけど……、これが依頼してたってやつ？」

「ああ」

「何のために？」

「もちろん研究のためだ」

俺が頼んだのはいわゆる『実験器具』と言うやつだ。

ビーカー、フラスコ、試験管、スポイト、シャーレ、砂時計、アルコールランプ用の容器や、鉄製の三脚台、ピンセットなども依頼した。いずれもこの世界には存在しないものだが、技術力を考えれば十分用意できるだろうと考えたのだ。

俺は試験管の一つを摘《つ》まみ、窓から差す光にかざす。とても手づくりとは思えないほど、曲線や直線なども図面に描いたとおりである。

懐かしき実験器具――、透明なガラスの向こうに、以前の研究室の光景が蘇る。十数年ぶりの再会だと思うと、胸の奥から熱いものがこみ上げるような感覚さえあった。

「こういう模様入りの皿を焼いてくれとか、こういうデザインのガラス細工を作ってくれっていう依頼はたまにあるけどな、ここまで正確に寸法を指定されるってのは珍しい。正直何度か造り直した」

「素材費などは足りましたか？　必要なら追加料金を用意しますが」

「馬鹿言え、あれで素材費が足りないなんて言ったら儂は工芸屋を引退する。しばらく店を閉めても問題ない程貰ってるんだからな。それで――」

ルノルガは腕組みをしながら、台の上を一瞥《いちべつ》した。

「これでいいんだな？」

「ええ、完璧です。大満足ですよ」

「そうか、そりゃ結構だ。じゃあとっとと持って帰ってくれ。儂は慣れない作業でくたびれたから今日は寝る」

ルノルガは俺がオーケーを出したことに納得して、大きなあくびを漏らしながらのびをした。これだけ丁寧な仕事をしてくれているのだ。もしかしたら夜遅くまで作業をしてくれたのかもしれない。

「本当にありがとうございました。……あ、最後にもう一つだけお願いなのですが」

「……あん？　完成品には納得したんじゃなかったのか？」

「ああいえ、文句ではなくお願いです」

「なんだ」

「今後もこういったものが必要な際は、またルノルガさんにお願いをしてもいいですか？　お恥ずかしい話、他の店では依頼さえ受けてもらえなくてですね」

「…………ふん、そういう事か。馬鹿馬鹿しい」

ルノルガは呆《あき》れたように鼻を鳴らした。

「相応の金さえ貰えれば儂は仕事を引き受ける。今までもこれからもそれは変わらん。お前が領内でダメ息子と噂《うわさ》されていることなど儂はまるで興味がない」

「ちょっと、兄様はダメ息子じゃあ……！」

「いい、ヨハン。そう思われてるのは事実なんだから」

世間での評判に対して、俺以上に過敏に反応するヨハンをポンポンと宥《なだ》める。

「分かりました、ではまた次回からもルノルガさんにお願いをさせてもらいますね」

俺がそう頭を下げると、ルノルガは無表情のまま小さく顎《あご》をしゃくった。分かりにくいが、彼なりの同意と受け取ってよいのだろう。

「………………ちなみにだが」

「？」

「よほど複雑なものでない限り今回ほどの金はもう取らん。今回作ったものなら大体作り方は覚えたからな」

「それは助かりますが……、それを言わない方が俺から金は取れたのに」

「毎回こんなに貰ってみろ、働く気がなくなるだろ」

「――――ははっ」

「笑い事じゃない、まったく」

ルノルガはそう言い残し、工房の階段から上へと上って行った。最後に少し口の端が持ち上がったように見えたのは、きっと気のせいではなかったろう。

俺は二日前に会った骨董品《こっとうひん》店主パテと、ルノルガの背中を比べていた。おべっかを使いながら裏で金をむしり取ろうとした男と、ぶっきらぼうだが確かな仕事と正当な料金を求める男。どちらがより信頼に値するかなど、馬鹿でも分かる。

この世界では人を見る目が求められる。世間知らずだったロニーにはいい経験になったと思いながら、俺とヨハンは机の上の実験器具を布に包み、店を出たのだった。

「なんだかよく分かんないけど、よかったね」

「ああ、これでとりあえず街に来た目的の半分が完了だ」

「じゃあ後は森に行くだけだね。この前できなかったピクニックのリベンジだ！　あ、なんか美味《おい》しそうなの売ってるよ！　買っていこう？」

先ほどまでやや退屈そうだったヨハンは、店を出た途端表情を明るくし、数十メートル先の露店を目ざとく見つける。俺はねだられるままにフライドチキン風の骨付き肉をいくつか買ってやった。

先日の約束はフィオレットの来訪でご破算になり、マルドゥークとの一件でしばし昏《こん》睡状態《すいじょうたい》になったのだ。多少はしゃいでしまうのも仕方ないか――、俺がそうひとつ息を吐いたところで、真正面からこちらを凝視している人影がある事に気付く。

それは目を真ん丸にしたカーラだった。

「な、な、何をされてるのですか……⁉」

「……おお、誰かと思えばカーラじゃないか、何してる」

「だ、だから、それをカーラが聞いているのですよ！」

「この前依頼したものを受け取りに来たんだ。ほら、この鞄に入ってる」

「あ、あれ無事完成したのです？　それはよかったですね…………じゃなくて、ヨハン様！」

カーラは一瞬頬《ほお》を緩《ゆる》めた後、はっと眉根《まゆね》を寄せて、俺の背後に隠れているヨハンを指さした。

「先輩方が探しておられましたよ！　安静にしていなければいけないはずなのにと！」

「…………やっべ」

俺を盾にするヨハンはそう言いながら、フライドチキン風の肉を頬張っている。現行犯逮捕である。

「カーラ、僕を探しに来たの？　じゃあ他の人も探しに来てるのかな？」

「……あ、いえ、カーラはお使いを任されている最中だったのですが」

カーラはそう言って手元からメモを取り出した。

「なんだ。じゃあごめんけど何も見なかったことにしといて」

「だ、だ、だめですよ！　そんな訳にはまいりません、カーラが怒られてしまいます」

「なんで？　カーラはお使いに来ただけなんでしょ？　なら、買い物を済ませて帰りさえすれば、怒られる訳ないじゃない」

「……………………それもそう、です、ね？　ん？　……本当に？」

「カーラ、……それで納得しかけちゃ駄目だと思うぞ」

顎を摘まんで唸《うな》るカーラに、俺は目を細める。

「だから言ったじゃないかヨハン。まだ外出するのはまずいんじゃないかって。そして俺は責任を負わないとも言ったぞ？」

「言ったじゃん。バレなきゃいいって」

「バレたんだよ、今」

「大丈夫だよ、見てて？　簡単に買収できるから。はい、カーラ」

そう言ってヨハンは手に持っていたフライドチキンの一つを手渡す。カーラは一瞬抗《あらが》おうとしたものの、秒で誘惑に負け、かぶりついた。

「もぐもぐ。……………………………………今回だけでふよ」

「ほら、チョロい」

俺は二人のやり取りに頭を抱えた。

「――ゴクン。カーラは心が広いのでここは見逃して差し上げますが、帰ったら怒られるのは間違いありませんよ、ヨハン様」

「別にいいよ、怒られるのなんて。連れ戻されさえしなければ別に」

「その今さえ楽しければそれでいいみたいな考え方、あまりよくないと思うがなあ」

「ちっちっ、人生は今の連続なんだよ、兄様。今が楽しければ永遠に楽しいんだ」

「………ヨハン、お前その人生観誰に教わった？」

弟がいつか人生の階段を盛大に踏み外すのではないかと俺が身震いしている所へ、骨までしゃぶりきったカーラが尋ねてくる。

「それで、屋敷にはもう少ししたらお帰り頂けるのですよね？」

「んー、まだ帰らないよ？　森の方に行きたいんだよね、兄様？」

「うむ」

「も、森の方……？」

予想外の行き先にカーラが思わず聞き返す。

「まあ森の方とは言ってもそう遠くはない。プテリュクス湖に行きたいんだ」

「ど、どうしてそんなところに……？」

「あれだよ、最近の兄様のよく分からないやつ。なんかまた必要なものがあるんだって」

「ああ、またあれですか」

ヨハンとカーラがため息をつきながら目線を交わし合うのを、俺はどうにも腑《ふ》に落ちず眺めているが、反論することもできない。ヨハンとカーラ二人には、俺の研究活動にすでに随分《ずいぶん》手を貸してもらっているのだ。

「あ、せっかくだからカーラも来る？　三人の方が楽しいよ？」

「なに言ってるんです！　カーラにはお買い物があるんですから！」

「買い物にも付き合うよ。ねえ、兄様」

「ん？　そりゃあ別に構わんが」

「いやでも、あんまり遅くなったらむしろカーラの方が怒られてしまうじゃないですか！」

「まあ、それもそっか」

ヨハンはそれを聞いて一旦納得した風に頷く。しかしとぼけた顔で俺を見上げて尋ねた。

「兄様、さっきのお肉もう半分食べちゃったし、ベーグルサンドも買っていこうよ。せっかくのピクニックなんだからさ」

「元々そんな長居をするつもりはなかったが……、まあいいか。ただ付き合わせるのも悪いしな」

「ピ、ピクニック？」

ピクニックという単語に反応するカーラ。

「そうそう、デザートとかも買ってさあ」

「…………カーラも行きます」

小さな声が聞こえた。見ればカーラが俯《うつむ》きながらもこちらを覗いている。

「なんだって？」

「……カ、カーラも、お供します……。よ、よく考えると、お二方だけで森に行かせるというのは、使用人として、あるまじきことでして、その」

「はい～、チョロい～」

ヨハンが予想通りの反応に指を鳴らす。

そういう訳で、知れば知るほど心配になる新米メイド（欲望に忠実）を連れ、俺たちはプテリュクス湖を目指すことになった。

○

『プテリュクス湖』というのは、屋敷から見て南にあるこの街の――、更に南東にある湖だ。森林の中にぽつんと存在する外周二キロほどの小さな湖だが、領民からの認知度は意外に高い。それはこの湖に不思議な逸話《いつわ》があるからである。

【ある所に一人の王子がいた。王子は原因不明の病にかかっており、医者から余命が長くないと宣告されていた。そんなある日、ふと気休めに立ち寄った湖で、王子は妙に自分の体が軽いことに気付く。病で重かった体が、嘘《うそ》のように軽快なのだ。そこでしばらく身を休めた王子は、その後本当に病から回復し、優秀な魔術師としても名を残すほどになった――】

という、まあよくある類《たぐい》のものである。

この土地に住む者ならどこかの機会に耳にする昔話だが、例のごとく実際の湖には石碑が立っているわけでも看板が立っているわけでもない。本当にただの湖なのである。

丘の祠《ほこら》といい、観光に対する意識が低すぎるのではないかと苦言を呈《てい》したくもなるが、元々が大して面白い逸話でもないし、その王子様の名前が残っているわけでもないのだから、どうしようもない。

『あの湖のそばに生えてる樹の枝を一本持ってこい』

それがセイリュウが俺に耳打ちをした内容だった。

その理由は聞かなかったが、流れから察するに魔法と何らかの関係があるのだろうと思われる。

実際に現地に行けば何か分かるだろうか、そう思いながら俺は薄暗い森の中の道を進んだ。踏みならされた道はあるもののやけに草木が生い茂り、油断すると道を外れてしまいそうになる。

「あったよ、兄様！」

「ピ、ピクニックにちょうど良さそうな場所もあります……！」

前方からそんな声が聞こえてきた。

俺が顔を上げると、眼前にひらけた湖が姿を見せていた。湖面が光を受けてきらめき、ほとりには寝転んでくださいと言わんばかりに背丈の低い草が柔らかく生えている。鼻先を緑の匂いを含んだ風がなでた。

「おお……、こんなに気持ちのいい場所だったか……」

湖の水も透明に澄み、小さな魚が水際を泳ぐのが見える。王子様でなくても腰を下ろしたくなるだろう。

「兄様、ここ！　ここ！」

芝生に転がったヨハンが地面を叩いて座るように促《うなが》す。

「ロニー様、ご、ごはんをたべましょう！　さあさあ！」

ヨハンからフライドチキンで買収されたメイドも布を敷いて正座し、体を揺らしていた。俺は露店で新たに買った昼食を、広げた布に置く。

「先に食べていてくれ。あとこの荷物もいったんここに置いておく。厳重に包んだとは言っても割れ物だから気を付けてな」

「兄様は？」

「少し森を見てくる。すぐ戻る」

「はぁい」

俺はいそいそと昼食を広げる二人を背に、再びさっき来た道から森の中へ戻る。

どの樹の枝とは言わなかったが、なんでもいいのか？　と思いながら俺は道から草木の茂るやや奥まった方へ進む。

「いや、この周りに生えてる樹は同じ種類ばかりなんだな。なんという樹かは知らないが……、ふむ、少なくとも屋敷の周りでは見ない気がする」

白と灰色が織り交ぜられたような色合いの太い幹と高い背の枝。俺の限られた知識だとブナの樹に似ているような気がする。しかし葉が大きく、くるんと湾曲したような形になっているのが特徴的だ。

「これの枝を持っていけばいいのか？　今更ながら妙な注文だな……」

俺は足元に落ちている手頃な枝を拾い上げる。細長いものから少し太めのものまで数種類拾っておいた。これで文句を言われたら枝ではたいてやろう。

「よし、とりあえずこれでいいか。あとはあいつらの気が済むまでピクニックに付き合ってやるとしよう。本音を言えば、せっかくの実験器具を早く使い――……」

ふと、俺の目の前を一枚の樹の葉が舞い落ちていった。

緩やかなジグザグを描《えが》くようにまだ瑞々《みずみず》しさを残す葉が、空気の抵抗を受けながら、しかし重力には逆らえずにゆっくりと落下していく。

「――――」

何の変哲もない。風に舞う一枚の樹の葉が、たまたま俺の視界をかすめただけ。それだけの事だ。

だが、俺は言いようのない違和感を抱いた。原因は分からないが、直感的に何かがおかしいと思った。

地面に落ちた樹の葉を摘まみ上げてみる。まだ青いそれは含まれた水分だけの重みがある。手元から足元に向けてもう一度それを落としてみた。樹の葉は先ほどと同じように、ひらりひらりとゆっくり地面に落ちる。

「やっぱりだ……」

俺は確信を深めて呟《つぶや》く。

あくまで微々たる違和感だが、青々しい葉にしては落ち方に重みが感じられないのだ。まるで枯葉の様な軌道を描いて落ちているように見える。頭上の樹を見上げると、緑の葉の隙間《すきま》から陽光が漏れて眩《まぶ》しい。湖に近づいてからどうも視界が明るく感じているのは、ただ開けた場所に出たからではない。森の入り口に比べて、頭上に茂る枝葉が一段高くなったからだ。

俺は胸の内に、ある種の予感を抱きながらヨハンとカーラがいる場所に戻った。サンドイッチを頬張る二人は枝や葉っぱを手に持って戻ってきた俺を見て、怪訝《けげん》な顔をしているが構わない。

湖のほとりの芝生の上で葉っぱを同じ要領で落としてみる。すると今度はひらひらと揺らぐことなくストンと真っすぐに地面に落ちた。

「――なるほど、こっちは普通。とすればやっぱりあの樹の周りだけがおかしいわけだ。しかしこれじゃあデータとしては弱いか……」

「兄様、お昼食べないの？　兄様の分なくなっちゃうよ？」

「いや、そうだ。ルノルガさんに作ってもらった砂時計があるじゃないか。あれなら対照実験が成立するんじゃないか……？」

「あ、もしかしてまた始まっちゃってる？」

「始まっちゃってまふねぇ」

俺は鞄をあさり、何重にもくるまれた布の中から目的のものを二つ取り出した。

木製の台座に取り付けられたひょうたん形の薄いガラス。その中には粒度の小さい砂が入っている。この世界には時間はあっても時計はないので、何分用の砂時計かは正確には分からない。だが、これはこれで使い道があるものなのだ。

「――ヨハン」

「んっ？」

「これを一つ持っておいてくれ。そして俺があっちから合図をするのと同じタイミングでひっくり返してほしい」

「わあ、これ何？　ちょっと綺麗《きれい》じゃん、見てカーラ」

「ほへぇ、不思議な造形の道具ですね……？」

「いいな？　頼んだぞ？　あとは中の砂が落ち切った所で手を上げてくれ」

「うん、手を上げればいいんだね？　例のごとくよく分かんないけど分かったよ」

「うむ」

結論――、
湖近くで測ったヨハンの砂時計よりも、樹の近くで測った俺の砂時計は、落ちて来るのに【五秒】ほども時間がかかった。
ルノルガさんに依頼した砂時計は二つ。まったく同じ時間に落ちるようにと念を押したものだった。それがひっくり返す場所によって明らかな時間の差が生まれた。何度やっても、砂時計を入れ替えても、結果は同じだった。
とすれば、これは偶然でも気のせいでもない。実験によって得られた結果と呼べるだろう。

しかし焦ってはいけない。俺が得たのはあくまでたった一つの情報で、それが何を意味するのか、原因が何なのかは証明していないのだから。

「砂の落ちる時間が違うって……、それどういう意味？」

ヨハンがさっぱり理解できないといった風に尋ねる。

「重力が……、いや、砂が上から下に落ちるのを何かが妨《さまた》げている。そう見るべきだろうな」

重力という概念自体がないこの世界では、上から下に物が落ちるのはただ当たり前のことで意味などはない。要はニュートンがリンゴに気付く前の段階なので、俺は少し言葉を選ぶ。ただ樹の葉が空気抵抗でまっすぐに落ちない事や、水に沈めた小石がゆっくり沈むことは感覚的には理解できるはずだ。

「じゃあ落ちるのを妨げてる、何かって何さ」

「……それはまだ分からん。だが予想はある」

「予想？」

「おそらく、【魔力】によるものだ。魔力の流れがあの樹だけ他と違うのではないか。たとえば流れる魔力が多く、周りにまでこのような形で影響を及ぼしており、つまり――」

俺はそこまで喋《しゃべ》って、ふと我に返った。

目の前でヨハンとカーラがポカンとした表情でこちらを見上げている。俺は自分のテンションがいつの間にか随分高まっていたことを自覚し、一度大きく息を吐いた。

「……………帰って色々と調べてみる必要があるということだ。勝手に盛り上がって悪かったな」

いかんいかん。結果を求めて先走ってはいけない。焦って事実を見誤っては本末転倒だ。地道な事実の積み上げこそが、科学なのだから。

ただそれでも、今回のことで今まで溜め込んできた仮説に何らかの答えが与えられるのではないかという予感が、内から静かに呼びかけているのを確かに俺は感じていた。

「さて、じゃあ気を取り直して昼飯にするか。よいしょっと……」

俺はそこでようやく布の上に腰をおろし、大量のサンドイッチとデザートが入っているはずのバスケットを見た。

入っているはずの、バスケットを……。

「…………」

「ち、ち、違うんです、これは。ヨハン様が、忙しそうだから食べちゃっていいって、おっしゃるからで、カーラはちゃんとロニー様にも残すつもりで……！」

空っぽのバスケットを見て固まる俺に、カーラがわたわたと必死で弁明し始めた。

「あ、カーラ、僕のせいにしないでよ。食べちゃっていいかもって言っただけで、実際食べたのはカーラなんだから」

「えぇぇえ、うそ、うそですよ、ロニー様。食べちゃえ食べちゃえって、ヨハン様が！」

「そんなこと言ってないよ！」

「い、い、言いましたよぉ！」

半泣きで無実を主張するカーラと、首を振るヨハンを俺は見比べた。

ヨハンはため息をついて俺に判断をゆだねるように言う。

「兄様は僕とカーラ、どっちを信じるのさ！」

「こういう時は大体そそのかすヨハンが悪い」

「あいてっ！」

ごつん、と俺はヨハンに拳《こぶし》を落とした。場に笑いが起こる。

昼食はとりそこねたが、美しい湖畔《こはん》で親しい誰かと過ごす午後は何物にも代えがたかった。

○

【実験結果　メモ】

I．① プテリュクス湖近辺に自生する【例の樹】について

屋敷に帰り、書庫から植物図鑑を引っ張り出した。

結果――、領内ではプテリュクス湖畔、領内を縦断するライヒト川の上流にのみ分布している【プテリュクス】というそのものずばりな名前の樹であることが判明。

かつてはより広範囲に分布していたが、現在は目にする場所が減っているそうだ。（詳細な原因は不明）

六メートルから八メートルの高木で、落葉樹。成長が早く、葉の形が湾曲しているのが特徴的。目が粗いため木材には不適。夜に枝を切ると、断面が一瞬淡く光る。（要確認）

※魔力との関連性については、図鑑などにも記載なし。

I．② 砂時計を用いた実験結果

枝を砂時計の周りにすだれ状に巻き付けてみたところ、約一秒ほどの差異が生まれることが判明。樹木の近くほどの効果はないが、明らかな差が生まれた。

⇩数度の試行実験の結果枝の向きが重要であることが判明。
根元側から枝先側に向けて力が働いている事がほぼ確実になった。【重要】
⇩根元側を下、先端側を上にすべてそろえると巻き付けていないものに比べて、二秒時間がかかった。逆にすると結果が反転、砂が落ちる速度が速まったことから、なんらかの指向性が枝先に向けて生じているのではないかと推測。

Ⅱ．①　水魔法で生成された水についての実験

ヨハンに協力を仰ぎ、水魔法で生成した水（以下、魔法水）をビーカーに用意。

三脚台にビーカーを乗せ、間に厚めの鉄板（本来は石綿《いしわた》のついた金網などが使われるところだが断念）をはさんで、下からアルコールランプで熱する。

対照実験として同じセットをもう一つ用意し、ただの井戸水を汲《く》んだものをビーカーに入れた。

二つのビーカーを同時に加熱開始。

予想：①沸点が変化する？　②全く変化なし？

結果：気泡が全体に生じ始めたタイミングで、魔法水を入れた方のビーカーの嵩《かさ》が一気に減った。目盛りがついていないので正確な数値を出すことは難しいが、通常の水の

入ったビーカーの十分の一ほどの量に減ってしまった。（一部残っている水がある事にも注意）

結果からの推測：沸点が下がり、突如水蒸気になった？

⇩もう一度同じ実験を行い、気化する瞬間をよく観察したところ、淡い光が生じていることを確認。

⇩水魔法で生成される水は一定の温度を超えると【魔力】に戻るのでは――？

（追記①：ヨハンに確認したところ、当然という反応を受けた。

この世界で水魔法が料理には使われないのは、火にかけると消えてしまうからだそうだ。飲料水としては使えるが、喉《のど》が潤《うるお》わない為あまり好まれないという。

同様に植物の水やりにも適さない。あまり土が潤わないし、花の育ちもよくないからだそう。俺は寡聞《かぶん》にしてこの事実を知らなかった。

追記②：これらの原因が魔法水が魔力に還元されるからだとすれば、温度変化だけが原因ではないことになる。最有力は時間経過か？）

Ⅱ．②　試験管に入れた魔法水と井戸水を数時間放置する実験

・蓋《ふた》をしていない試験管　それぞれ一つずつ。

・布で蓋をした試験管　それぞれ一つずつ。
・コルクで蓋をした試験管　それぞれ一つずつを用意。

【室温二十℃前後】
十分経過　いずれも変化なし。
三十分経過　いずれも変化なし。
一時間経過　すべての魔法水入りの試験管が揮発《きはつ》し、十分の一の量に。
【室温十℃前後】※地下の醸造庫にて実験
十分経過　いずれも変化なし。
三十分経過　いずれも変化なし。
一時間経過　すべての魔法水入りの試験管が半分に。
三時間経過　すべての魔法水入りの試験管が揮発し、十分の一に。
【湯に入れた状態での計測】
※実験器具で温度を保つことが難しいと判断し、四十℃程度の風呂で実験
十五分経過　すべての魔法水入りの試験管が揮発し、十分の一に。

⇩以上の実験から時間経過と温度変化の相乗効果によって変化が起きている事が判明。

　魔法水が魔力に還元される際に、蓋の有無は影響がない。

⇩時間及び温度によって、光に変化し消失した十分の九が魔法によって生み出されたもの、十分の一が空気中の水分なのではないか。

Ⅲ.①Ⅰ、Ⅱの実験結果より

魔力というものはいくつかの性質を兼ね備えたものであると考えられる。
一つ、『周りの空間に重力以外の指向性を働かせる』
水魔法で水が浮いて回転していること。プテリュクスが育つ方向に指向性が働いているのもこのためだと考えられる。
二つ、『魔力が変質する瞬間には発光が起こる』
発光のメカニズムは現段階では不明だが、淡く白い光が発生するのは共通している。
三つ、『水を嵩増しする』
　こればかりは電子顕微鏡で調べてみない事には定かではないが、空気中の水分子を魔力が繋《つな》ぎ、水分子と同様の性質を果たしているのではないかと推測。時間が経過する、もしくは熱することによって結び付ける魔力の働きが弱まり、水から魔力へ戻っていくと仮定すると、一応の筋が通る。

Ⅲ. ②　現段階での仮説

水魔法とは、空気中の水分子を媒介《ばいかい》として【水もどき】を生み出す事なのではないか。

であるならば、水分子を繋ぎとめる魔力もまた、分子単位の大きさで働いているはず。

今後、これらの働きを持つ魔力一つ一つの単位を【魔素《まそ》】と呼ぶこととする。

○

魔素、という文字をペンでぐりぐりと丸で囲う。

「――ふう」

そこで俺はペンを置き、息を大きく吐いた。

気付けばピクニックに行った日から、一週間ほども経過している。その間俺は必要な時以外はろくに部屋からも出ず、こもりっきりで研究結果をまとめていた。

振り返れば、ヨハンが俺のベッドですやすやと寝息を立てているのに気づく。

ヨハンにはまた随分と力を借りることになり申し訳なくも思う。

来週王都から特別指南の先生が来るそうで、本来はもっと魔法の稽古《けいこ》に精を出すべきなのにもかかわらず、実験の後半などはほぼ俺と部屋にこもりっきりになっていた。使用人たちが怪しんで部屋をかわるがわる覗きに来る始末だった。

しかし、初めはしぶしぶ水魔法を使っていた彼も、実験結果に予想外の違いが生まれ始めると、積極的に意見をくれるようになった。兄として、もしくは科学者の末席を汚《けが》すものとして、ヨハンが科学的な考え方を興味深いと感じてくれたのは素直にうれしい事だった。

俺は改めてメモの山に目を落とす。これらの実験結果たちが【魔素】というものの働きによるものだとして、俺はどうしても試したいことが一つあった。

確証はない。だけれど、分子単位の【魔素】を操っているのだとしたら、ひょっとすると可能ではないかというものがある。

それにはまた、ヨハンに多大な協力を仰がなければならないのだが。

「もしこれが実現すれば……、魔法世界における大発見と呼べるはずなんだ……。もし、実現すれば……」

俺はそう呟きながら、今日これ以上は頭が回らないことを自覚し、ヨハンがすでに眠るベッドにダイブしたのだった。

○

　私が扉を開けると、椅子に座る人影が目に映った。妻のエリアである。

　エリアは窓の外を見上げながら、紅茶を飲んでいる。テーブルの上を見れば、ご丁寧に私の紅茶も用意されていた。どうやら座れという事らしい。

「どうした、何か用か」

「何って、もうすぐ王都からダミアン様がいらっしゃるでしょう？　もうわくわくしちゃって」

「……またその話か。ダミアン殿がいらっしゃるのはまだ先……、来週だぞ」

　聞き飽きた話題にため息をつきながら紅茶を口に含むと、エリアは私を睨む。

「まだじゃないわ。もう来週なのよ！　来週なんてのんびりしてたらすぐ来ちゃうわ！　おもてなしの準備もしなくちゃいけないのに！」

「準備ならジェイルたちが進めてくれている。お前が気にすることではない」

「そうは言っても心配なのよ。なんだかずっと緊張しちゃって」

「お前が心配しているのは、ヨハンの将来のことだけだろう」

　そう指摘すると、エリアは鳩が豆鉄砲を食らったような表情になり、口を結んだ。

「――そりゃあ、まあ、そうですけど？」

「ヨハンなら心配いらない。あの子はどこへ出しても恥ずかしくないほど優秀だ。それに今回、ダミアン殿は別にヨハンを審査しに来るわけじゃない。こちらから無理を言って、あくまで手ほどきに来てもらうだけなのだから」

「でも、あの子の腕前を見たらダミアン様も黙ってはおられないはずよ？　もしダミアン様の推薦がいただけたら、王都の魔術学校にも特待生としてお呼びがかかるかも」

「……あの子はまだ十二だぞ」

「もう、十二なのよ！」

エリアは憤然として、カップの底で机を叩いた。

もう何度目かも分からないこのやり取りに、私はいささか嫌気がさし始めていた。エリアがヨハンに期待をかける気持ちは分かる。それは私も同じだ。だがそれにしても最近は少し度が過ぎている。もはや病的と言ってもいい。

「先日だって騒ぎにはなったけれど、結果としてあのマルドゥーク様のお墨付《すみつ》きも頂けたわけじゃない。あの子の実力が王都の騎士に既に匹敵するというのは事実でしょう？」

「マルドゥークか……。どうだろう、私はそこには少し懐疑的だが……。訳ありで王都を追放された男だからな」

「あら、少し前までは当家にもあのくらいの実力者を招きたいものだとおっしゃっていたのに、随分と意見が変わられたのね？　屋敷を壊されたことにまだご立腹なの？」

「そういう訳ではないが――」

「あなたにも危機感を持ってもらわないと困るわ。ヨハンちゃんの将来は私たちの将来でもあるんですから」

「そんな事は分かっている、お前に言われなくてもな」

マルドゥークの話はさておき、ヨハンが期待以上に実力をつけていることは事実だ。それに、エリアが言った「もう十二」という部分もあながち的を外してはいないと、内心では同意していた。

貴族の成人は早い。優秀であればあるほど、今の段階からの身の振り方が今後に大きく影響する。

「そうそう、最近はロニーの部屋に一緒にこもっているんですよ。ご存じ？」

エリアが口をとがらせて言う。

「何時間もヨハンちゃんを部屋に閉じ込めているんですよ。稽古も勉強もおろそかになってるわ。使用人たちに様子を見に行かせても、何をしているかよく分からないと言うばかりだし……」

「…………」

私はため息をつく。階段から落ちて以降、ロニーにおかしな行動が増えたという話を聞いてはいた。部屋を移させてから拍車がかかっているとも。

まったく、頭の痛い話題ばかりだ。

「ねえ、聞いているの？　あなた！」

「…………うるさい」

「――っ」

声を荒らげるエリアを、私は睨み返す。その視線にエリアはびくりと震えて、息を漏らした。

「何度も言わせるな、分かっている。いい加減仕事の邪魔だ、愚痴《ぐち》ならメイドにでも聞いてもらえ……」

私は使用人を呼び、エリアを部屋に帰すように言った。エリアは先ほどの調子から一転して大人しくなり、黙って部屋を去っていく。

ようやく一人になった部屋で、私はやや冷めた紅茶の残りを飲み干した。

すると突然、ガシャリという音が聞こえたので私は驚いた。見れば足元に割れたカップが散らばっている。落としたのではない――、自分で床に叩きつけたのだ。

その事を自覚して、私はまた虚《むな》しくなった。どうしてこうも思い通りに行かないのだろう。全てうまくいくと思っていた輝かしい希望は、いつの間にこうも歪《ゆが》んだものになってしまったのだろうか。

私はやるかたのない後悔を覚え、足元の割れたカップを踏みにじった。

第六章　予期せぬ覚醒

俺は部屋の壁に大きな紙を張り付け、そこに線でつながった丸三つを描いた。

水――、すなわちH_2Oである。

「これは水だ」

俺は雑な図が描かれる紙をパシパシと叩く。

すると、視線の先に座るヨハンが手を挙げて答えた。

「違うよ、串の折れたお団子か何かだよ」

「もっともな意見だが、残念ながら水なんだ。もっと言えば、死ぬほど小さなこれがめちゃめちゃ集まって水として俺たちの目に映っている」

「水がこんなお団子でできてるって？」

「感覚的に理解が難しいのは分かる。だけど一度そうだと仮定してみてくれ」

「ふうん、わかった」

ヨハンはここ一ヶ月間ほど俺の研究の様子をずっと眺めていたことによって、随分《ずいぶん》頭が柔らかくなっていた。開始直後は精霊がどうだの、他の人たちに見つかったら面倒くさいだの文句を言いがちだったが、どこかを境にそういったことは言わなくなった。

「水魔法を出してくれるか」

「うん」

そう言って、手慣れた様子で手のひらの上に水の球を生成するヨハン。

一定の速度で回転する水の球は、研究を経て、すっかり見慣れたものへと印象を変えていた。純粋な水の塊《かたまり》だと思っていたものが、魔素によってできた水もどきだと分かったこともまた、それに拍車をかけている。

知識は世界の景色を変える。それもまた科学のすばらしさである。

「これはさっき言った通りに、折れた団子の集合だ。ヨハンは無意識のうちにその団子ひとつひとつに働きかけ、増やし、回転させている」

「ん～………、そう……なのかなあ？」

ヨハンは壁に描かれた絵を見て首をかしげた。手を宙に泳がせて、自分の中のイメージと重ね合わせているようだ。

ヨハンがもう片方の手を挙げる。

「はい、兄様」

「ヨハン」

「朝露の一滴ってすごい小さなものだよね。でもそれも集まればバケツ一杯分の水になるじゃない？　このお団子って要はそういう事？　その一滴もさらに小さな水の粒からできているってこと？」

「おお、その通りだヨハン。お前の方が例え上手だな」

俺は弟の理解の早さに感心する。

そしてそれは、ヨハンの中でもしっくりくるものだったらしい。

「それならちょっと分かるよ。最初の頃は、小さなボールが風船みたいに膨らんで、それを手のひらの上で回すようにって意識してたから」

「なるほど」

魔素が空気中の水と反応して魔法水になる。含まれた魔素を操って回転させる。ヨハンがイメージしているものと、俺の理論は乖離《かいり》していない。二段階のイメージになっているところも合致している。

「――よし、ここからいくつか質問をしたい。もう何度目か分からないものもあるが、確認作業だと思って答えてくれ」

「よきにはからえ」

「まず、ヨハンはこの水を、球の形にしようとイメージしている。これは間違いないか？」

「うん、間違いないよ。水魔法の基本は、まず手の上に球を作ることから。はじめはうまくまとまらないんだけど、それが一つの塊になるところがスタート地点だね」

「球の形をイメージ通りに変えることも可能だな？」

「限界はあるよ？　球を大きく～とか薄く～とかならできる」

「できない限界というのはどこからだ？」

「えーと、たとえばウサギの形を作れとか複雑なのは無理。球の形から離れるほど難しくなるんだ」

俺は一度そこで大きく頷《うなず》いた。

つまり水魔法は回転ありきということだ。これは本で読んでとっくに分かっていたことではあるが、俺の仮説に置き換えると、水もどきを生み出すのが第一段階、それを回転により安定させるのが第二段階となる。

そして、ここからもう一歩踏み込んだ質問をする。

「では、回転を意識的に止めることは可能か？」

「……か、回転を、止める？」

案の定、ヨハンは怪訝《けげん》そうな顔をした。

「そうだ。言うなれば魔法を覚えたての段階……、水がうまくまとまらない状態というべきか」

「で、き——るかな。もうこれが当たり前だから、そんな事しようとも思わなかったけど……」

ヨハンは一度縦に振りかけた首を斜めにそらす。

できるとは思うが、確証がないというところだろうか。はなから魔法の使えない俺にしてみれば分からない感覚だが、自転車に乗っている人にわざと下手くそに漕《こ》げと言っているようなものなのかもしれない。

ヨハンは難しげに口を結びながら、手のひらに力を込める。

すると、等速で回転する水の球が速度を緩め、やがて耐えきれないといった風にいくつかの水のブヨブヨに分裂し始める。水の塊たちは行き場を求めるように、しかしヨハンの手のひらの上から出ないように、静かに宙に浮いていた。宇宙空間で水を撒《ま》いた時ととてもよく似ている。

「——できたな」

「うん……、でもなんか違和感がすごい。……なんて言うか、むずむずする。兄様、これ何の意味があるの？」

ヨハンは顔をしかめながら、当然の疑問を口にした。

「俺が思うに、水魔法というのは本来これがニュートラルな状態だと思うんだ。魔法のみを発動し、動かそうとはせず魔力のあるがままに任せている状態。これを仮に【1】

の状態としてみればどうだ」

「…………え、なになに？　どうって？」

「これが【1】なら、回転している状態は【2】ということになる。魔力を込め、【1】の状態からすかさず【2】にギアを入れる。逆に言えば【1】の状態を、この世界の人々は、ヨハンを含め、ほとんど意識していない」

「……ギア？　はよく分かんないけど、そういう言い方ができるかもとは思うよ……。でも、だから結局何が言いたいのさ？」

「【1】と【2】があるなら【0】の状態も作れるのではないか、という事だ。俺が今まで組み立ててきた理論から逆算すると、可能なはずなんだ」

「？」

そこまで言ってもまだヨハンが首をかしげているので、端的に結論から言う事にした。

「もし魔素、および水分子の動きを完全に止めることができれば、熱が発生しなくなる。――――つまり、氷魔法が実現できるかもしれない」

氷魔法――――。

以前の世界の創作物ではごく当たり前に登場していた非常にポピュラーな魔法だが、

この世界には存在しない魔法である。

冬に池が凍ったり、降る雪が溶けるのを見れば、この世界の人々も水が凍る現象を知らないわけではないはずだ。しかしそれは魔法と無関係のものであり、「考えるに値しない当たり前の事」と捉《とら》えている多くの物事の一つらしかった。

この世界に続く魔法文化の中で、いまだ氷魔法が発見されていないことを考えれば、試行錯誤した結果、不可能だった事なのかもしれない。だが、魔法も物理法則の延長線上にあるという科学的見地に基づけば、実現可能なものであると俺は心の中で確信していた。だからこそ俺はヨハンにこの考えを明かしたのである。

——結論から言えば、氷魔法は発現しなかった。

しかし、俺の確信は深まった。氷魔法は実現可能だ。まだ時間がかかるというだけである。

○

俺は中庭の芝生に寝転がり、空を見上げていた。

部屋にこもりっきりだった体に昼下がりの日光がしみ込んで、疲れが浄化されていく。

左腕を枕にし、右手で何となく持ってきたプテリュクスの枝をもてあそぶ。

視界の端に庭師や使用人の姿がちらほらと映るが、例のごとく俺に話しかけることはない。横目で見てすぐに目をそらすだけだ。

俺は本来、こうした人目に付く場所に下りてくることを好んではいなかった。だけれど最近は、相手がせっかく見て見ぬふりをしているのに、こちらが気を遣うのは馬鹿馬鹿しいと気付いたのだ。自分の家の中庭で寝転んで責められる謂《いわ》れもない。こうした図太さが少しでも、以前のロニーにあればよかったのだが。

「…………」

目を閉じると、全身にゆっくりと眠気が降りてくる。だが寝ようと思っても頭に浮かぶのは、先の氷魔法の実験についてのことばかりだ。

――何故《なぜ》水魔法は氷にならなかったのか。

実験自体は、ヨハンの魔力切れという形で終わった。元々の魔法の発現時間には限界があるし、慣れない事をさせたせいというのもあるだろう。

しかし、実験には失敗がつきもので、一発でうまくいくことなどごく稀《まれ》だ。そして、失敗が積み重なって成功になるのが科学でもある。今回も、望む結果に至らなかっただけでちゃんと【収穫】はあったのだ――。

水は氷にこそならなかったものの、わずかだが温度の低下が見られた。

体感だが常温より数度（五℃）ほど確かに水温が下がったのである。つまり分子の動きを抑えたことにより温度が下がるという理論自体は的外れではなかった。

ただ、下がった温度幅はわずかで、それ以上水温が下がることはなかった。

ヨハン曰《いわ》く、どうしてもうまくイメージができない――、のだそうだ。

「魔法が人のイメージに影響を受けることは間違いない……。回転するボールがイメージしやすいのに比べて、小さな水の粒の動きをすべて止めるというのがイメージしにくいというのは分かる話だ……。ならば試行回数の問題なのか、それとも脳内のイメージと魔法の関係性について先に研究を進めた方がいいのか………」

俺は指先で枝をくるくると回しながら独《ひと》り言《ごと》を呟《つぶや》く。

「………………、ん？」

「――ロニー様？」

ふと自分を呼ぶ声があったことに気付き、閉じていた瞼《まぶた》を開ける。そこには不思議そうに俺を覗《のぞ》き込《こ》むカーラの姿があった。

「め、珍しいですね。こんな所で日向《ひなた》ぼっこなんて」

俺は身を起こして応える。

「――ああ、少し考え事をな。気分転換を兼ねて外に下りてきてみた」

「最近はまたずっとお部屋にこもられてましたからねぇ。少しはお外に出られた方がいいと、カーラも思います。ま、またピクニックなどもいいと思いますよ。お弁当を持って」

「そうだな、それはいい。カーラにはその間、俺の部屋の掃除でも頼むとしよう」

「む、むぐぅ……！」

俺が少し意地悪を言うと、カーラは悔しそうに唇《くちびる》を噛《か》む。その仕草に俺は思わず吹き出した。

「カーラは何か用事中か？」

「あ、はい。ちょっと裏庭の倉庫に探し物に行けと言われまして」

「そうか。お疲れ様だな」

「と、と、とんでもないことでございます……。で、では、急ぐように言われておりますので……」

カーラはそうぎこちない会釈《えしやく》をすると裏庭の方向へ足を向けた。その背中を視線で見送りかけて、俺はふと思い出す。

「――そうだ、カーラ」

「は、は、はぁい？」

「カーラはそう言えば、どんな魔法が使えるんだっけ？」

「カ、カーラですか？　カーラはそれほど魔法が得意ではないのですが……、あ」

そこまで言って俺が魔法を一切使えないことを思い出したのだろう、咄嗟《とっさ》に口を手で押さえるカーラ。俺はその事に気付いていない振りをして先を促《うなが》す。

「カーラが使えるのは、風魔法です……。つむじ風を起こす程度ですけど……」

「これだけ魔法の研究云々《うんぬん》言っておきながら、カーラの属性を聞くのはそういえば初めてだったな」

「そ、そうですね。カーラは……、ロニー様がご興味があるのは水魔法だけなのだと思い、特に言わなかったのですが……。それに風魔法ならヨハン様の方がお得意ですし」

「なるほど」

風魔法については、ヨハンとも多くを語っている訳ではない。

マルドゥークとの手合わせの際に目の当《ま》たりにしたものの、その段階であまりにも検証できる要素が少なかったので、見る目にも分かりやすい水魔法を優先したのだ。

だが、水魔法の研究に一区切りがついた今、他の属性に目を向けてもいいタイミングなのかもしれない。俺はそう思い、カーラを見上げて尋ねる。

「ちょっと見せてもらってもいいか？」

「えっ、い、今ここでです？」

カーラは驚いた様子で、辺りを軽く見回した。

「ああ、軽くでいいんだ」

「は、はあ、カーラの魔法なんかが参考になるか分かりませんが……」

カーラはそう言いながらも、持っていた荷物を下ろして、手をまっすぐに伸ばす。ややあって、手のひらから少し先の空間が淡く発光し、小さな音を立てて風が巻き起こる。宙を飛んでいた虫がそれに煽《あお》られて体勢を崩した。

カーラが不安げに俺の顔を覗く。

「こんなもので、よろしいでしょうか」

「……ふうむ。魔素というものを仮定した今だと、前ほど不思議に見えなくなっているものだな。むしろ水魔法よりも単純……、空気中の魔素に干渉してそれを動かせば風は起こるはず、か……」

「ま、まそ……？」

「なあ、カーラ。風魔法を使う時、どんなイメージをしてる？」

「……………イメージ、とは……？」

「風を起こす時に頭の中でどういう映像が浮かんでいるか知りたいんだ。さすがに何も考えていないってことはないだろう？」

「い、いいえ、なんというか、ほぼ無意識で、何も考えていないに近いと思うのですが……………」

そう言いながらカーラは、手元で風魔法を再現する。そして少し考えた後に言った。

「カーラは魔術の指南を受けたことがないので自己流ですが……、手のひらから風が飛び出してくるようなイメージでしょうか……。多分、他の人も似たような感じではないかと……」

「そのままだな」

「そ、そのままですよ？　世の中にはもっと色々できるすごい方々もいるそうですが、カーラにはこれが限界です」

「ふむ。その辺りはヨハンに聞いた方がよさそうだな」

とりあえず一番初めに想定していた温度変化による風の発生ではないことは確かだ。魔素を操作していること自体はおそらく水魔法同じ――、水を生み出すステップがない分、原理はシンプルなのかもしれない。手の先が発光していることを考えれば、その空間にある魔素に働きかけているのはやはり間違いがなさそうだ。問題は、現象がシンプルな分、観測が難しいという点か。魔素を前方に押し出しさえすれば風が起こるのか、それとも水魔法のように別の何かに働きかけて、結果風が起きているのか――。

「えーと、ロ、ロニー様……？　いつまでこうしていればいいんでしょうか……」

カーラが先ほどの不安げな顔とは別の、心配そうな表情で俺の名を呼ぶ。

「――ああ、すまん、もういいぞ。ありがとう。すごく参考になった」

俺が慌ててそう言うと、カーラは安堵《あんど》の吐息を漏らした。

「では、よろしければもうカーラは行きますが、ロニー様はまだしばらくここに？」

「ああ、考え事がもう少しでまとまりそうなんだ……」

「そうですか、また何かご用事があれば仰《おっしゃ》って下さい」

「ああ」

俺がそう言うと、カーラはいそいそと足元の荷物を拾い直す。

それを横目に見ながら、再び芝生に寝転んだ。

「………」

とにかく、風魔法についての研究も並行して行うとして、目下の目標はやはり、水魔法の研究をさらに進める事か。と言ってもあまり気を急《せ》いてもいけない。さっきは魔力切れまで魔法を使わせてしまったから、またヨハンが万全な状態の時に頼むべきだろう。

——こうなると、俺が魔法を使えない事の弊害《へいがい》を改めて感じる。人に頼まなければ現象を再現できないという不便さは、いかんともしがたい。

ヨハンまでとはいかなくても、せめて些細《ささい》な魔法でも使えれば……。

俺はそう考えながら、脳内のイメージのままに、手を空に向けて伸ばす。

手にはプテリュクスの枝。目の前には開けた中庭がある。

次の瞬間だった。

ズドオオオオオオオオオオオオオオオオオオオオン、という轟音《ごうおん》、いや、爆音が起こり、空からプールをひっくり返したような水が降ってきたのだ。

中庭は瞬く間に水浸《みずびた》しになり、その余波は俺にも及んだ。

「――――ッ⁉」

俺は何が起こったのか分からない。すぐ横にいたカーラと目が合う。カーラは俺の方を目を丸くして見つめていた。

「ロ、ロ、ロ、ロ、ロニー様、い、い、い、い、今のは……⁉」

「わ、わ、わ、わ、分からん。何が起こったんだ⁉」

「ロ、ロニー様が魔法を使われたように、カーラには見えたのですが……！」

「馬鹿を言うな！　俺にこんなことできるわけないだろう！　カーラがやったんじゃないのか？」

「カーラに水魔法は使えませんよぉ！　それにしても、このあり得ない水の量は一体……！」

水しぶきでずぶ濡《ぬ》れになった俺とカーラは、改めて中庭を見た。しかし既に、大きな水たまりを残すばかりで何もない。空を見上げる。しかしもちろん、雨粒一つ落ちてきそうにない快晴だった。

だとすれば、これはやはり…………。

と、そこでカーラが俺をつつく。

「あ、あ、人が集まってきました。ロニー様、さっぱり訳が分かりませんが、とにかくここにいるのは、あまりよくないような……！」

カーラが指さす方向を見れば、言った通り異変に気付いた使用人たちが騒ぎながらこちらへ来ていた。

「そ、そうだな！　後ろめたい所など一つもないが、一旦ここは退散しておこう。服も濡れたことだし！」

「そうですね！　カーラも用事を頼まれていたので行かなければ！」

「ああ!!」

○

服を着替え終えた後も、原因不明の動悸《どうき》に襲われて落ち着かなかった。

中庭の水たまりは、既にすっかり乾いてしまっていた。つまり、あれは異常気象などではなく、間違いなく魔法によるものだったということだ。

俺はベッドの端に座り、固く目をつむる。

いくら思い出しても、いくら他の選択肢をあげてみても、自分が魔法を使ったのだとしか思えない。

「——俺が、魔法を……？」

その事実を否定しようとするのは、俺の十六年間分の記憶である。今更なにをと、笑う声がする。

しかし同時に、俺には魔法が使えるのだと、つい最近言われたことが思い出される。

俺は瞼を開き、あの精霊の元をすぐに訪ねなければならないと決めたのだった。

○

「——ねえ、どういうこと⁉ ほんと、どういうことなの⁉ あの会話の流れでどうして、次来るのが十日も先になるのかなあ！ ボクは次の日か遅くてもその次の日くらいに来るんだろうと思って、ワクワクして待ってたんだよ⁉ だって、精霊に会ったんだよ⁉ 精霊様に、会ったんだぜ⁉ 精霊様がこれこれを持ってきてって言ったら、なるべく急ごうと思わないかなあ⁉ しかも魔法が使えるようになるかもしれないって話だったじゃん！ ねえロニーくん！」

俺が祠《ほこら》を訪れるとすぐ、青い蛇状浮遊生物がすっ飛んできて首元に絡みつき、耳元でまくしたてた。

「うるさいうるさい。耳元で大声を出すな……」

「いいや、出すね！　大声にもなるさ！　ボクは怒ってるんだ！　ボクがどういう気持ちで唯一の話し相手たるキミを待っていたか！　あれ、今日は来ないのか、用意に時間がかかっているのかなあ。あれ、今日も来なかった、何かあったんだろうか。あれ、あれ、あれ？　ってやってたら十日だよ！　信じられないよもう！」

「……いや、そんなに待ってるとは知らなくて……。いつ来るかまでは約束してなかったじゃないか」

「してなくったって、普通は最大限早く来る努力をするもんなんだよ‼」

セイリュウは大声でそう訴えて、わざとらしくメソメソと胴体に首をうずめる。俺はため息をついて謝罪した。

「悪かったよ。ちょっとうちの屋敷でも色々とあってな。来客があったり、俺の部屋の壁が崩れたり、弟が倒れたりな。それでついつい後回しになってしまったんだ」

「精霊を後回しにする度胸がすごいよ……。えーと、部屋の壁が崩れたって？　どうしてそんなことになったの？　詳しく教えてよ」

「まあそこまで大したことじゃない。一から話すのも面倒だし……」

「むきい、その態度を言ってるんだぞロニー！　こちとら話題に乏《とぼ》しい祠生活なんだ！

外の天気くらいしかニュースがないんだ、分かってるのか！　ねえ、もっと喋《しゃべ》ろうよ、もっと話そうよ、もっと構ってよボクを！」

「もはや威厳もくそもないな……。そうだ、今日来た一番の用件は、ついさっき俺が魔法を発動したらしい事についてなんだが」

俺がそう言うと、くねくねとまとわりついていたセイリュウの動きが固まる。

「ウ、ウソだろ……⁉　せっかくボクが精霊様の知恵でロニーの魔法能力を開花させるっていう、神秘的かつドラマチックなビッグイベントを用意していたのに……！」

「いや、俺も驚いたんだ。なんか思わずできちゃった感じで」

「キイイイイイ！　このすけこまし！　こうなったら責任とってどういう経緯かを一から十まで説明してくれなきゃ帰さないからなァ‼」

俺は空中でもんどり打つ精霊にため息をつきながら、しかし確かに、何もない祠から出られないというのは退屈だろうと同情し、ここへ来るまでのことを順番に話し始めたのだった。

○

「ほうほうなるほど。……それにしても氷魔法とはねえ、ふふふふふふふ」

俺があらましを説明し終えると、セイリュウはおかしそうに宙を回り始めた。

「俺は理論上可能だと思っているんだ。それに実際――」

「まあまあまあ。その話はいったん後回しにしよう。ともあれ魔法の研究がことのほか順調そうでよかったぜ。まあボクのアドバイスとかじゃなくて、自分で進めちゃってるのはいただけないけど」

「幸い実験器具などの用意ができたし、弟の協力も貰えたしな。それに自分で実験をする前から答えだけ得ようとは思わん」

「それはそれは殊勝《しゅしょう》な心がけなことだよ。最近の若者には珍しい」

「こっちにもその言い回しがあるんだな……。そう言えばセイリュウ」

俺はふと思い出したように尋ねる。

「今日は時間は大丈夫なのか？」

「ん？　時間って？」

「この前来た時は眠くなったからとか言って俺を追い返したろう」

「――ああ、その節はすまなかったね。でも今日は夜のうちによく寝といたからあと一時間くらいなら大丈夫だぜ」

「それはお前の睡眠時間が長いからか、それとも別の原因からか、どっちなんだ？」

「どっちもかな。ボクの活動時間に限界があるのは水晶から出ると魔力を消費するからで、そして、それを寝ることによって溜め直すからだ」

そう言ってセイリュウは水晶に身を沈め、またすぐに出てくる。俺は出てきたところを試しに指でつまんでみた。

「うぇ」

「……うーん、確かに見えるし触れる。しかし水晶や俺の体に透けて入り込むこともできる……。謎だ」

「ちょっと、精霊様をそんなミミズみたいなつまみ方するんじゃないよ！」

「なあ、一度解剖してみてはだめか？」

「すごいこと言ってるこの人⁉」

セイリュウは顔を絶望に染めて、体を透過させ俺の手から逃れた。そして手の届かない位置にまで避難して、俺を見下ろす。

「そう言えばさ、カガクってやつと精霊の折り合いは結局付いたのかい？」

「……いいや、現状精霊という存在については保留中だ。正直あまりにも荒唐無稽《こうとうむけい》だからな。現状は」

「現状は、ね。いずれは精霊という存在についても食指を伸ばすつもりなんだ？」

「俺の寿命が間に合えばな」

「あはは、そうかいそうかい。応援してるよロニー」

セイリュウはそう言ってご機嫌そうに宙を舞ってみせる。

そして一通り笑い終わった後に、高度を下げて俺の視線の位置まで降りてきた。

「さて、それじゃあそろそろ答え合わせを始めようか。キミの研究成果を聞く限り、考え方は概《おおむ》ね正解だよ。――特に魔素？　の発見は素晴らしい」

「正解ね……。精霊を相手にしていると、なんだか自分のしていることが馬鹿げて見えるな」

「む、何言ってるんだい。これはキミが導き出した答えなんだよ？　ボクは本来人間には干渉できないし、外の世界にも行けない。これは紛《まご》うことなきキミだけの発見だ」

「――まあいい。俺はセイリュウの言う内容がすべて真実とは思っていないし、発見だと思っていることも今後繰り返し検証していく不確かなものだ。だからあくまで、参考程度の情報として聞かせてもらっている」

「うん、それでいいよ。さっきの正解って言葉が気に入らなければ言い変えよう。キミの理論は、ボクの見ている世界と矛盾しない――、と」

セイリュウはそう片頬《かたほお》を持ち上げる。

「…………そう言えば、魔力の流れが見えるんだったか」

「そうだよ。そしてボクから見る魔力の流れとは、粒々《つぶつぶ》の集合体なんだ。キミの言うところの魔素ってやつね。人間の中にある魔素が外にある魔素に干渉して、魔法は起こる。

それがボクには見える。そういうことさ。ちなみにたったこれだけのことを、他の連中は理解せずに魔法を使ってるんだ。馬鹿だよね。キミが一ヶ月くらいで突き止めたことをさ」

「いや、馬鹿て……」

俺は何とも返答のしようが難しくて苦笑いした。

しかし俺だって前世の知識がなければ、この結論にはたどり着いていない。要は発想の問題なのだ。原始人の数万年と、現代の数年の進歩が吊《つ》りあうように。

「もう少し掘り下げて聞きたいんだが、体内の魔素と外界の魔素は通常干渉していないということなのか？」

「内から外に出す分にはそう。キミがそうだったように、出口がなければ外には出ない。外から内に入れる分には、食事や睡眠で自然に溜まっていくんだけどね」

「……溜まるって、俺でも？」

「そ……だね」

「つまり俺の場合、魔素の流れが一方通行なわけか。ただヨハンの魔法なんかを見る限り、取り込まれる量と放出される量はイコールじゃない。本来はダムみたいに『溜めて』『出して』を繰り返しているということか」

ふむ。と俺が頷いていると、視界にセイリュウのニヤニヤとした顔が映る。しばらく無視していたが、あまりに鬱陶《うっとう》しいのでしょうがなく反応してやる。

「……なんだ？」

「ねえ、今の話で面白いことに気づかないかい？」

「面白いこと？」

「キミにも魔力は溜まっているって、ボクは言ってるんだぜ？　しかもキミの場合は、十六年分がさ」

セイリュウはにやけ顔を浮かべながら、俺のポケットからプテリュクスの枝を引き抜いた。そして器用に宙でそれを振るう。

そう、まるで【魔法の杖】のように。

「────────あ」

そこでようやく、すべての事柄が一つの線になったのを感じた。

「自分のこととなると妙に鈍感だなあ。ボクは見ていないけど、きっととんでもない量の水が降ってきただろう？　それはキミがこの枝を持って魔法をイメージしたから。そしてとんでもない規模の水魔法が発現したのは、キミの中の魔力量がとんでもない規模だったからだ」

「────────」

「ちなみに詳しく説明せずこの祠に持ってこいと言ったのは、今日みたいなことが起こりかねないと危惧《きぐ》してたからだぜ。たまたま開けた場所にいたからよかったものの、場所や向ける先が違ってたら大惨事だ。それこそ部屋の壁が崩れるなんてレベルじゃない」

「――そういう、ことか……」

俺はあの量の水が屋敷の真上に落ちる映像を思い浮かべ、ゾッとした。

「そうだよ。それもあって早く来ないかと気を揉《も》んでいたんだ。何せボクはキミの中の魔力量を直《じか》に目の当たりにしているんだからね」

確かにセイリュウは俺の体内に一度潜っている。やけに時間がかかるものだなとは思っていたが――。

「まったく。説明の順番があっちゃこっちゃだ。おまけにキミの何が危険かって、魔法の操作に関しちゃ、赤ん坊以下のレベルだってことだよ。それだけの魔力を内包していながら、蛇口のまわし方が分かってない」

俺は思わず自分の手元を見下ろす。

「――どうすれば、いい……？」

「練習が必要だね。それも相当に場所を選ぶ必要がある。ただ、キミの中にはイメージが既にあるみたいだから、すぐ調節できるとは思うけど」

「イメージ……」

セイリュウは戸惑《とまど》う俺の背中を、祠の入り口へと押した。出ろという意味らしい。

「せっかくだ。ここは人通りが少ないしもうそろそろ夕方だ。それに後ろにはボクが付いているから、少し練習していくといいよ」

「こ、ここで？」

「屋敷に帰ってやるつもりだったのかい？　言っとくけど、キミの力を思い違っちゃいけないよ。キミは簡単に人を殺せるんだぜ？」

簡単に人を殺せる――。

セイリュウはその事実をこともなげに口にする。しかし俺の背筋には確かに冷たいものが走った。知らなかったはずもない、魔法とはこの世界における奇跡の力であると同時に、誰しもが誰しもを攻撃しうる物理的な力でもある。現にヨハンはマルドゥークとの戦闘の末、一日以上も昏倒《こんとう》する羽目になったではないか。

セイリュウは考え込む俺を見て、ぽすっと頭の上に乗っかった。俺が降って湧いた魔法という力を危ぶむ横で、セイリュウは別の未来を見ているようだった。

「それにもったいないじゃないか」

「…………も、もったいない？　なにが？」

「お披露目《ひろめ》はさ、しかるべきタイミングで行うべきだよ。なにせ十六年間も待って待って待った舞台だ。中途半端にばれちゃうなんてもったいない。観客を集めて、ちゃんと場を用意しなきゃ」

「舞台？　観客？　何の話だ」

セイリユウが、今日一のしたり顔を見せて言った。

「キミを出来そこない扱いしている奴らだ。今まで馬鹿にしていた奴らの、度肝《どぎも》を抜いてやろうぜ」

○

祠を訪れた俺が屋敷へ帰ったのは、もう日がすっかり落ちた後だった。

精霊の手ほどきの元、水魔法をある程度思い通りに扱えるようになった俺は、生まれて初めての魔法疲れというものを感じながら自室の扉を開く。すると、そこにはヨハンとカーラが待っていた。ヨハンは椅子に座り、俺を睨《にら》み上《あ》げている。

「遅ぉい!!　どこ行ってたの!!」

「……な、なんだ？　何か怒ってるのか？」

「怒ってなぁい!!」

「怒ってるじゃないか……」

俺は訳が分からぬまま横に立つカーラを見ると、カーラは申し訳なさそうに目を伏せて言った。

「す、すみません、ロニー様。実は、お昼のあの中庭の件が、ヨハン様にバレてしまいまして……」

「中庭の件って…………、ああ……」

当然、空中から大量の水が降ってきたあの事件のことだろう。まだ自分がやったことだという確信が持てなかった俺は、逃げるように自室へ引き下がり、そのまま祠へと足を運んだのだった。

「あれを兄様がやったっていうのは、本当なの？」

ヨハンは俺を睨み、鋭い語気で詰問《きつもん》する。

俺は一瞬、今日のことを話していいものかと逡巡《しゅんじゅん》した。しかし、ここまで協力をしてもらっておいて、今さらこの二人に隠し事をする意味はない。精霊についてだけはややこしくなるだけなので割愛しなければいけないが。

「――ああ、そうだ。あれはどうやら俺がやったことらしい」

「…………つまり、兄様は魔法を使えるようになったってこと……？」

「そうなるな。発動したのは偶然だったが、どうやらそれがこの樹の枝のおかげらしいということが、さっき分かった」

俺はそう言ってポケットからプテリュクスの枝――、杖を取り出す。そしてそれを疑いの視線を向ける二人の前にかざし、魔力を込めた。杖の先端が発光する。

そして次の瞬間、野球ボール大の水の塊が宙に浮き回転しはじめた。

「ほわぁぁぁあ……」

カーラが目を輝かせて、それを見つめる。肝心のヨハンはといえば、しばらく唇を強く噛みしめていたが、やがて堪《こら》えきれないといったように――、俺の腹に飛びついてきた。

「ぐえっ」

衝撃で俺は後ろに倒れ、水の球が床にばしゃりと落ちた。

「よかった……！　兄様、よかったね……！　これで、やっと……、やっと……」

ヨハンが俺の胸に顔をうずめて、嗚咽《おえつ》を漏らす。俺は押し倒された体勢のまま弟の頭を撫《な》でた。

「………なんだなんだ、俺が魔法を使えなくても別に構わないと言ってなかったか？」

「ん。そ……、それとこれとは別問題でしょ……？　それに、嬉しいのは僕じゃなくて兄様本人のはずじゃないか……。兄様は嬉しくないの？　だって、ずっと兄様は……」

「ああ、嬉しいよ。嬉しいとも。嬉しいに決まってるじゃないか。だけどこれは単なる幸運じゃなく、お前たちのおかげでもあるんだ。だから、嬉しいよりも先にありがとうと言わなければならないと思っていた」

「ぼ、僕たちのおかげって……？」

「魔法についての研究を思い立って、お前たちに協力を仰ぎながら色々なことが分かっただろう？　それがなければ魔法が使えるようにはならなかった。研究の結果、なるべくして俺は魔法が使えるようになった――。そういうことだ」

セイリュウがこの場にいたら「ボクのアドバイスも大きいと思うけどねえ！」とか言いそうだが、うるさいので脳内で黙らせておく。そもそもヨハンの提案がなければ、祠に行こうなどとは思わなかったはずなのだ。

「そうなんだ……、へへ、そっか」

ヨハンは納得したように笑い、鼻を俺の胸にこすりつけ顔を上げた。

「あ、お前、汚《きた》ね」

「ズズ、いやでもさ。今さっき見せてもらった水魔法は普通だったけど、中庭が水浸しになったあれはなんなの？」

「だいぶ大きさを調整できるようになったからだ。何も考えずに魔法を使おうとすると、昼間のようなことになるらしい。その調整練習を今までしていて遅くなった。……まあまだ危なっかしい時もあるんだが」

「中庭が水浸しになる規模だよ？　魔法の威力はその人の魔力量によって変わる……。ってことは、兄様はとんでもない魔力を隠し持ってたってこと？」

「というよりは、今までの十数年間の貯蓄のようだな」

「そういうことか……。いや、にしてもすっげ……。また見せてもらお。ねえ兄様、お父様とお母様には報告に行くんでしょ？」

「ん？　んん……、そうだな……。いずれはそのつもりだが……」

そう尋ねられて、俺はセイリュウの言った『しかるべきタイミングで』という言葉を思い出す。といっても俺自身まだピンと来てはいない。そもそも俺は父と母にどうしてほしいのだろう。魔法さえ使えればと思っていた期間が長すぎて、そこから先の本来の目的がよく分からなくなってしまっていた。

そう少し考える素振《そぶ》りの俺を、ヨハンが手のひらでたたく。

「ならさ、ならさ！　僕にいい考えがあるんだけど！」

「いい考え？」

「ちょっと作戦会議しよ！　カーラ、今日は兄様の部屋で食べるから食事用意して！」

「え、え、お二人とも、ここでですか……？　旦那様に怒られませんか……？」

「ちょっと多めに持ってきたら、カーラも食べていいから」

「すぐに持ってまいります」

突如ロボットのように表情を変えたカーラは、速やかに扉を開けて廊下へと消える。

何やらたくらみ顔をするヨハンに、あの精霊のにやけ面《づら》が重なった。俺は小さく笑いをもらし、とにもかくにも作戦会議とやらが始まるのを待つことにしたのだった。

第七章　ダミアン・ハートレイ

四日後——。

「ダミアン・ハートレイだ。よろしく頼む」

「よ、よろしくお願いします」

「そう緊張するな。何も取って食おうというのではないのだから。敬語も不要だ」

「——わかった」

そう快活に笑いながらヨハンと握手をしているのは、王都から高名な魔術師として招かれた人物。俺はてっきり歳《とし》のいった男だと思っていたのだが、やってきたのは、紅《あか》く長い髪が印象的な若く美しい女性だった。

中庭には屋敷中の使用人たちが見物に来ていた。真ん中の一番見晴らしのいい席にドーソンとエリア。その斜め後ろに取ってつけたように俺が座る。

ダミアン・ハートレイ。

王直属護衛騎士らの魔術指南を一手に引き受けており、一人で一個師団を壊滅させたとか、魔法で天気を変えただとか、精霊が人間に姿を変えた人物なのだとかの噂《うわさ》には枚《まい》挙《きょ》にいとまがなく、お世辞でなく我が国『マギア』の最高の魔術師と呼び声の高い人物――、と聞いている。

それが果たして、見た目二十代ほどの女性だとは夢にも思わなかったが、そんな高名な魔術師が一伯爵家《はくしゃくけ》にわざわざ招かれるというのは異例だろう。一体どれくらいの依頼料を積んだのか、どのような経緯で彼女が招待に応じたのかは、俺の与《あずか》り知《し》る所ではない。ともあれ手短なやり取りの後、王都最高魔術師によるヨハンへの指南が始まった。

「ではお手並みを拝見させてもらおう。どれだけ強力な魔法を使っても、武器を持ち出しても構わない。好きにぶちかましたまえ」

「……ちなみにダミアン様はどの属性を使うの？」

「はっは、いくらなんでも自分の手の内を明かすようなことはせんよ。まあ二属性以上……、くらいは言っておこうか。その先が引き出せるかはヨハン次第だ」

「そっか……。それじゃあ、僕も多少は頑張らなきゃね」

「…………ん？　僕も？」

ダミアンが首をかしげたところで、ヨハンは腰の剣を引き抜いた。

マルドゥークとの裏庭の決闘では、音が出るという理由で用いられなかったものだが、本来の手合わせでは剣と魔法を組み合わせるのが基本だ。ゆえに両手剣ではなく片手剣が用いられる。ちなみにダミアンは素手。だがこれは手を抜いているのではなく、彼女が魔術師だから。騎士たちと魔法一つでやり合うのが魔術師という人種だ。

「――ふん！」

ヨハンはまず大きく振りかぶってダミアンに剣を振りおろした。

魔法の話ばかりでヨハンが剣を振るうところを見るのは久しぶりだったが、なるほど様になっている。筋肉の付き具合などはまだまだ発展途上だが、流れるように剣を振るうことでうまくその欠点を補っていた。

しかしダミアンは後ろ向きにスキップでもするようにその剣戟《けんげき》をかわす。

当然そのくらいは織り込み済みだろうヨハンは、左手から水魔法を発動してダミアンの頭部に向けて放った。後ろに一歩跳んだタイミングでの避けようがないはずの攻撃は、ダミアンの頭部を捉《とら》えた――かに見えた。

だが無傷の彼女はにやりと笑ってヨハンを見下ろす。ヨハンもにやりと視線を返した。

「まず、一つ目だね」

「そうだな。だが先は長いぞ」

彼女を水の砲弾から守ったのは、淡く輝く障壁《しょうへき》――つまり光魔法だ。

ヨハンは左手を広げてビー玉ほどの弾丸をいくつも生み出す。そしてそれに高速回転をかけ、連射した。発射したそばから弾は補給され、また撃ち出される。その様はさながらガトリングガンである。

さすがに人間の身体能力でこれを避けることは不可能。ダミアンは体の各所に分散して放たれる弾丸を光魔法でまとめて防御する。しかし、ヨハンは構わず連射を続けた。

「魔力量勝負でもするつもりかな？　言っておくが私は生まれてこの方、魔力量で誰かに負けたことはないぞ？」

「じゃあ、今日が初めての負けになるかもしれないね」

「――ほう？」

ヨハンは弾丸を撃ち続けながらにやりと笑う。

俺はそこでふと、ヨハンの右腕がわずかに動いたことに気付いた。だが俺の場所からでは角度が悪く、何をしたのかまでは分からない。

と、真正面からの弾丸を受けていたダミアンが上を見上げ、ふっと笑いを漏らす。

「なかなか器用なことだ。だが発想としては、まあ平凡だな」

ダミアンが見上げたのは頭上から落ちてくる水の塊《かたまり》。ソフトボールほどの砲弾が鋭く回転しながら、弧を描くようにダミアンに向かってきている。まともに頭で受ければ水とは言え、脳震盪《のうしんとう》は必至。

だがダミアンは「バレては意味がない」という風に頭上に光魔法を展開した。水の砲弾は障壁に当たり、水しぶきとなって辺りに散る。

と、その瞬間にダミアンが身じろぎするのが、俺からも見えた。

「――ツっ、なんだこれは……、熱湯……？」

その一瞬の隙《すき》を突き、ヨハンが勢いよく剣を振るう。光魔法は間に合わず、あわてて身をかわすダミアンの服の裾《すそ》を剣が捉えて切り落とした。

一片《ひとひら》の布がひらりと地面に落ちる。

「――」

「氷魔法は間に合わなかったから、発想を逆にしてみたんだ。水の粒が止まれば凍る――、なら動けば熱くなるってこと。僕、そっちの方がイメージしやすいみたいだ」

ヨハンはそう言い、横目で俺にウインクをした。

なるほど、本来は回転させている魔素に【振動】を加え、熱を発生させたのか。原理は電子レンジと同じ。しかも、一定の水温を超えれば魔素に戻ってしまうギリギリの温度をついている。百℃とはいかないまでも六十～七十℃まで行けば十分に熱湯だ。頭からかぶっていれば間違いなく火傷《やけど》ものである。

俺はある種の感動を覚えた。

これは俺が教えたわけではない。俺の理論をもとに、ヨハンが自分で思いつき練習したことだ。行われているのは魔法を用いた戦闘なのに、いま確かに科学が垣間《かいま》見えた。

「……今のはどうやったのだ、ヨハン」

「何言ってるの。自分の手の内を明かす訳ないじゃない」

「そうか。なら私が一本取ったら教えてくれるか？」

「うーん、そうだな、じゃあ……」

ヨハンが思案をする素振《そぶ》りを見せた、次の瞬間。

勝負は決していた。


あまりにも一瞬。

俺には彼女が何をしたのかさえ分からない。これだけ衆人の目があるのにもかかわらず、俺以外にもそれは同じらしかった。

先ほどまで真正面に向かい合っていたはずの両者だが、いつのまにかダミアンがヨハンの背後に立ち、手刀を首筋に添えている。ただの手刀ではない。手のひらを覆うように薄く水の刃《やいば》が伸び、まるでチェーンソーのように刃の部分を回転させているのだ。皮膚に触れればどうなるかなど、試したくもない。

「さあヨハン、これは一本かな？」

ヨハンは自分の首元に添えられたものを見て、膝《ひざ》から地面に崩れ落ちる。

「…………う、わ、分かった。降参だよ……」

「うむ」

ダミアンは満足そうに笑った。

「――いやはや！　ドーソン伯爵！」

ダミアンが大きな声でドーソンの名を呼んだ。

「お噂の通り、ヨハンは優秀です！　私でさえ見たことのない水魔法の応用を見せてくれたのですから！」

ドーソンは、王都最高魔術師から下された望外の評価に言葉を失っている。

「さて、ヨハン！」

「ん？」

「約束通り教えてもらおう。さっき私が受けた水は明らかに熱湯と呼べるものだった。あれは一体どうやったんだ？　実に興味がある！」

ダミアンはそう詰め寄るが、ヨハンはそっぽを向いて口をとがらせた。

「へーん、僕は一本取られたら教えるなんて言ってないよー」

「……何？」

「僕が条件を出す前に、ダミアン様が勝手に終わらせちゃったんじゃないか」

「そうだったか、それは私の早計だったな。ではヨハンの言う条件とは何だったんだ」

「それはね――」

ヨハンはそう言って観客席――、俺の方向を指さす。

「兄様から一本取ったら教えてあげるって、言うつもりだったんだよ」

〇

はじめに声を上げたのはドーソンだった。

ドーソンは意味が分からないという風に、ヨハンと俺を交互に見る。

「ヨハン……、一体何を言っている……？　どういう意味だ、今のは……」

「そ、そうよ、ヨハンちゃん。馬鹿言わないで、だってロニーは……」

エリアも同じような反応だ。彼女はこの光栄な場に、俺の名前が呼ばれることさえ好ましくないといった表情だった。まあ、当然の反応とも言えるが。

しかしそんな両親のうろたえる姿を見て、ヨハンは不敵に首を振る。

「何を言ってるもなにも、言った通りの意味だよ」

「馬鹿な……！　ロニーは魔法が使えないし、剣も振れない。それがこともあろうに高名なダミアン殿と手合わせをするなどと、あり得るはずがないだろう……！　も、申し訳ありません、ダミアン殿。今ヨハンに言って聞かせますので……」

ダミアンはそれを聞いて、地面に腰をついているヨハンに顔を向けた。

「………ヨハン。私が今回指南を承ったのは君についてだけだ。兄上の指南については依頼の範囲外だし、それにドーソン殿の言う通り、魔法が一切使えないと聞いていたのだが？」

「ま、仕事上の契約っていうんなら別にいいけど。でもそういう話なら、僕はさっきの魔法のタネは教えないよ」

「む……」

ダミアンは眉根《まゆね》を寄せて唸《うな》る。そして俺の方をちらりと見た。

「魔法が使えない者と手合わせをする術《すべ》を、本来魔術師は持ち合わせていないのだ。剣に覚えがあるならいざ知らず……。一方的な戦闘を手合わせとは言わない」

「大丈夫だって。一方的になんかならない。やってみれば分かるから」

そんな風に軽く言ってのけるヨハン。

はいそうですか、という訳にもいかないダミアンは、困り果てた表情を浮かべた。

飄々《ひょうひょう》とした態度を崩さないヨハンに対し、俺に集まる視線は厳しいものだ。いつもは無視をするばかりの使用人たちが一様に俺を睨《にら》んでいる。

ドーソンとエリアが座ったまま振り返り、俺に顔を寄せて耳打ちをした。

「ヨハンが何のつもりか知らないが……、公衆の面前で醜態《しゅうたい》をさらすなどあり得んことだ。とにかくお前から言って辞退をしろ、いいな？　こんなことならお前を列席させせるのではなかった……」

「ロニー、これはヨハンちゃんの晴れ舞台なの。お願いだから、これ以上邪魔しないで」

「…………」

俺は二人の言いように、いっそ笑いそうになった。それは俺が魔法を使えるようになったという可能性など、露《つゆ》ほども考えていない言いぶりだった。

俺は厳しい視線を身に受けたまま、椅子から立ち上がる。

「……ダミアン様、弟が我儘《わがまま》を言いました。無礼をお許しください」

視界の端のドーソンが、そうだそれでいい、という風に俺を見ている。

何もするなと。いつもの通りに、いないように振る舞っていろと。

『――今まで馬鹿にしていた奴らの、度肝《どぎも》を抜いてやろうぜ』

頭の中にあの精霊のにやけ面《づら》が浮かんだ。

俺は唇《くちびる》をなめ、一歩前に出る。

「ただ、俺からも我儘を言わせていただきたい。一度で結構です。好きな時に試合終了としていただいて構いません。なので是非、俺と手合わせを……」

「――おい!!　ロニー!!」

ガタッ、と椅子を蹴るような音とともに、ドーソンが大声を出して立ち上がった。見れば、目を血走らせ眉間《みけん》に青筋を立てている。怒りだとしても、父からここまで強い感情を向けられるのは久しぶりだった。

「貴様、一体何を企んでいる……！　ナラザリオ家の家名に泥を塗る気か……⁉」

「いいえ、お父様。滅相《めっそう》もありません」

「ならば何故《なぜ》……！　こんな馬鹿げたことを口走っているんだ‼」

「それは、見ていただければ分かります」

「何を見ろと言うんだ！　魔法も使えないくせに！」

「見ていただければ分かります」

「…………！　貴様に割く時間など私にはない！　今こうしている瞬間も、貴重な時間が貴様なんぞのために無駄に消費されているんだぞ！」

「お父様、俺は――――」

「――――」

父の瞳に黒い影がよぎった――、と思った瞬間、自分の頬《ほお》からゴッという鈍い音がした。口の内側に血の味が滲《にじ》む。

「下がっていろ……‼　まったく、頭を打っていよいよおかしくなったのか⁉　不愉快だ、貴様の顔を見るのも……‼　部屋にでもこもっていればいいものを……、これ以上私の頭痛の種を増やすんじゃない‼」

中庭が痛いほどの沈黙に満たされていた。場にいる全員が、俺と父を見ている。父はしばらくしてからその視線に気付いて、自分が怒鳴っていた事と息子を公衆の面前で殴ったことにハッとしたようだった。

「…………」

父の反感を買う事は分かっていた。

それを承知で、ヨハンが言うこの案を飲んだのだから。

「私は構いませんよ、ドーソン殿」

そんな耐《た》え難《がた》い空気を打ち破るように、しばらく成り行きを見守っていたダミアンが柔らかく言った。

「ロニー、さっき君が言った条件でいいのなら申し出を受けよう……ヨハン、これで私が試合を終わりとすればタネを明かしてくれるな？」

「そうだね。――――でも、きっとそれどころじゃなくなると思うよ」

「…………？」

○

正直な事を言うと、今日ここへ来ることへは、あまり積極的ではなかった。

旧知の仲であるマルドゥークから推薦がなければ、伯爵家のボンボンの指南役の話など歯牙《しが》にもかけなかっただろう。だが、刺激というのはどこに潜《ひそ》んでいるものか分からない。私は今日それを思い知った。

こんな辺境で神童ともてはやされている少年などいけ好かないと思っていたが、ヨハンは確かにその才能の片鱗《へんりん》を垣間見せた。まだつたない。魔法の応用の仕方としてはいいとこ五十点だ。

だが、磨けば彼はきっと相当な光を放つだろう。若い才能を発掘する喜びを、私は久々に実感した。

だから伯爵家の中の多少のゴタゴタ程度には目をつむろう。どんな家にも大なり小なりの事情があるものだ。どの道、私には関係のないことだ。正直面倒だが、長引きはしないだろう。試合終了の采配《さいはい》も私にゆだねるようだし、適当にあしらって納得してもらえばいい。

――そう、思っていた。

私はヨハンの件で先入観をもって判断する愚かさを実感していたつもりになっていて、その実全く学んでなどいなかったのだ。

「な、なんだ……、それは……！」

だからこそ――、私は思わずそんな間抜けな声を漏らしてしまった。この王都最高の魔術師たる私が他人の魔法を見て、そんな声を。

ロニーは頭上に伸ばした手の先に巨大な水の塊を浮かべ、意外そうに言う。

「あれ、どれだけ強力な魔法を使っても構わないと仰《おつしや》っていませんでしたか？　それともあれはヨハンの時だけの話でしょうか？」

「そ、そういう訳ではないが……、これはあまりにも話が……！」

何だこいつは。

ナラザリオ家の長男は、魔法の素養が一切なくて、領民からも馬鹿にされているという話ではなかったのか。

これでは、話が全く逆ではないか――。

ロニーは動揺する私にかまうことなく、手を振り下ろす。するとその動きに合わせて、彼の頭上で回転していた巨大な水の塊が、私めがけて降ってきた。

しかし、その規模がとにかく尋常《じんじよう》ではない。プールの水でも丸く固めたかのようだ。こいつは中庭ごと水に沈めるつもりなのか？　ここまでの物量になると、光魔法では防ぎきれない。水魔法では逆効果。ならば――。

私は両手に全力の魔力を込めて、ゆっくりと迫る水の塊に向けて放った。

ドン！　ドオオオオン‼　という爆発音が響く。すると巨大な水の塊が爆炎によって蒸発し、形を失った。が、及びきらなかった残りの水が雨のように中庭へ降り注ぐ。

「あっつ。これが火属性の魔法か、やっぱり生で見ると違うな……」

ロニーは花火でも見上げるように首を上に向けていたが、すぐに視線を私へ戻す。

「光、水、火――とは、さすが高名な魔術師殿です。もしほかの属性魔法もあるなら、是非見せていただきたい」

「――ッ、その前に説明をしろ！　い、今のめちゃくちゃな規模の魔法はなんだ。何かタネがあるのか、もしかしてその手に持っている樹の枝に何かあるのか……？」

「おっと、これを奪われるわけにはいきませんね」

「なるほど、それだな？　終わった後に、君にも説明してもらう事ができた……！」

私はロニーの持っている樹の枝に狙いを絞り地面を蹴った。ただの蹴りではない。足元から土魔法を発動し、瞬間的に速度を撥《は》ね上《あ》げるものだ。さきほどヨハンの背後を取ったのもこれだった。

だが、私は次の瞬間、そこにあるはずのない壁に体をぶつけた。

「ぐっ――⁉」

否《いな》、壁ではない。またも水の塊が私の行く手を阻んだのだ。ロニーは私のスピードを見切るまでもなく、水魔法の圧倒的物量に物を言わせて接近を妨《さまた》げたのである。

立方体状に形作られた水の壁にすさまじい速度でぶつかった私は、そのまま体を取り込まれ、宙に持ち上げられる。

まずい――。

私は慌てて火魔法を発動してそれを逃れる。何とか地面へと降り立つが、焦って発動させたため自分の身まで少し焼いてしまった。そんな初歩的なミスを私が犯《おか》すこと自体が屈辱《くつじょく》だった。いつもは誰かを叱《しか》る立場のはずなのに。

いいや、そんな反省は後にしよう。とにかくあの手に持つ枝を奪うのだ。

私は着地と同時に、もう一度土魔法を発動する。さっきよりも、もっと鋭く地面を蹴った。一歩、二歩、一度フェイントを入れて、三歩目でかすめとる――。

バチンッ!!

「――――」

私の指先がロニーの体に届こうとしたその瞬間、何かが強く私の手を弾いた。

そこで気づく、ロニーの右腕を囲うように薄く水魔法の膜が形成されている。しかも高速で回転し、手を突っ込めば指が落ちそうなものが。

「さっき見せてもらった、手を覆うように魔法を発動する技――。なるほど便利だ、ちょっと危なっかしいけど……」

ロニーが自分の手元を見下ろし、感心したように呟《つぶや》く。私はその、まるでさっき見たから真似《まね》してみたというような言いぶりに言葉が出なかった。

「これで四属性。本で読んだ限りでも相当に珍しいことだ。しかも、土魔法を応用して高速移動に用いるとは……。ヨハンの時もそれで背後を取っていたんだ……。フィオレットの使い方の応用とも言えるかもしれないが、威力がまた桁違《けたちが》いだな……」

高密度かつ大規模な水魔法が使用されたことによって、あたりには水煙が漂い始めていた。私たち二人の姿を周りから隠すように、煙が渦巻く。私は痺《しび》れる右手をさすりながら、独《ひと》り言《ごと》をぶつぶつと呟いているロニーに思わず問うた。

「…………馬鹿にしているのか」

「――――え？　まさか、何故そんな事を」

ロニーは驚いた表情で顔を上げる。

「……さっきの揉《も》め事《ごと》も、もしかして茶番か何かだったのか？　醜態をさらされているのはひょっとして私の方という訳か」

「と、とんでもない。俺は今、本気であなたに挑んでいます。今日ここで、自分が魔法を使う所を皆に見せたいと考えたのは事実ですが……、茶番で父親に殴られる馬鹿はいないでしょう」

「では、君は両親にも領民にもこの力を秘密にしていたと言うつもりか」

「秘密……、と言うと語弊《ごへい》があるかもしれません。実際数日前までは、俺に魔法は使えなかったんですから」

ロニーは耳を疑うようなことを簡単そうに言う。

「……数日前まで？　ば、馬鹿な……、じゃあ、これはなんだ。ある日突然これだけの魔法が使えるようになったとでも言うのか？　そんな話があるものか！」

私がそう責め立てると、ロニーは困ったように笑った。

「別に、ある日突然じゃありません。魔法について研究を行い、然《しか》るべくして使えるようになったんです」

「研究だと……？　それは一体、どういう意味だ……？」

「お話なら試合の後に、巻き込んでしまったお詫《わ》びにいくらでもしましょう。ヨハンが使った水魔法の応用についても、俺の方が詳しく説明できるはずですから。ですがまだ試合中ですよ」

「…………この試合を続けることに、何か意味があるのか？　君の言う事が本当なら目的は達せられたのだろう」

私が半ばイラつきながらそう言うと、ロニーは一瞬目を丸くし、そしてすぐに首を振った。

「確かにそうとも言えます。でも俺はあなたが使う魔法を、もっともっと間近で観察をしたい。もっと見せて欲しいんです」

「ま、間近で観察だと……？　なんだその薄ら恥ずかしい台詞《せりふ》は……⁉」

ロニーが私を見るまっすぐな視線に意図せず声が裏返る。彼はそんなことには構わず、一歩距離を詰めてきた。

「こんな田舎では手に入る本も限られてる。だから実際の魔法を目にするのが一番参考になるんです。それも国の最高魔術師の魔法を目の当《ま》たり《あ》にできるなんて望外な機会、もう二度とないでしょう」

「だから何を言って……。お、おい、何故どんどん近寄ってきている……！」

「さっきの爆発の様な火魔法はどういう原理なのか。一体なぜ何もない空間が発火し、何を媒介にして爆発を引き起こしているのか。人の体を飛ばすほどの土魔法のエネルギー源は何か。光魔法はどのようにしてあそこまで高密度の壁となり得るのか、厚さは？　範囲は？　持続時間は？」

ロニーは私に問いかけているようでいて、自問自答をしているようでもある。

そして気付いているのか気付いていないのか、いつの間にか私の顔の間近まで近寄っていた。

「ち、近いと言ってるのに‼」

私は思わず両手を伸ばして、ロニーの体を遠ざける。

するとロニーは、我に返ったように後ずさりした。

「――――はっ！　し、失礼しました！」

慌てて居住まいを正すロニーと、訳が分からず顔が紅潮《こうちょう》する私。両者の間に何とも言えない空気が漂った。

「と、という訳で俺はダミアン様が終わりと言うまでは試合を続けたいんです……。もし俺の態度が不愉快だというなら、今すぐ終了と宣言をして下さい。……行きますよ」

「！」

すぐに言葉を紡《つむ》げない私に対し、ロニーが枝を振る。

すると二人を囲んでいた水煙が瞬間的に消失。観客の姿が再び視界に映る。そして同時に、彼の眼前に水の球が無数に生じた。

無数に――、それは文字通り数える事さえも諦めたくなるほどの大量の弾丸。さきほどヨハンが同じような技を見せたが、数だけで見れば百倍ほどの物量がある。私はいまだ状況の理解が及びきらないままに、とにかく光魔法を前面に展開した。勿論《もちろん》さっきよりも、分厚く広範囲に。

瞬間、

ガガガガガガガガガガガガガガガガガガガガガガガガガガガガガガガガッ――!!

という金属同士がぶつかるような鋭い音が弾けた。あまりの弾丸の多さに視界も定かではない。そして瞬時に異変を感じる。如何《いか》なるものも跳ね返す光の防壁が脅《おびや》かされているのだ。

――ロニーが飛ばしているのは、水の塊ではないのか？

弾丸の音は止《や》まない。私は両腕に魔力をありったけ注ぎひたすらに耐えた。耐えきれるはずだ、何故ならこれは破られたことのない、無敵の結界なのだから……、と私がそう思った時、ミシッと壁が軋《きし》む音がした、気がした。

弾丸がぶつかる音があまりに激しいので確信はない。

ガガガガガガガガガガガガガガガガギギギギギギッ――‼

しかし、ロニーの弾丸が一点に集中し始め、音にも明らかな変化が生まれている。私はその場所に魔力を注ぎ直すが、弾丸の雨が止む気配はまだまだない。おかしい。いくら高密度の水魔法と言えど、光魔法の壁を壊しかねないほどの威力を有するなんて、絶対にあり得な――――。

ガチンッ――！

「――――‼」

眉間の先、ほんの僅《わず》か。

白い冷気を放つ得体の知れない物体が、光の壁を突き破って私の頭部に迫ろうとしていた。壁に阻まれてギリギリのところで停止しているそれは、少し間違えば私に届き得ていただろう。

心臓が、大きく跳ねる。

私は慌てて一歩下がり、壁を張り直した。

「――はっ、はっ……！」

光魔法の壁に囲まれながら、息切れが漏れる。

ロニーはどうやら今、水魔法とは別のよく分からない何かを放っている。水魔法よりも高密度だが、火でも土でも風でもない。あれは何だ？　いや、今はあまり考えすぎるな。とにかく今度同じことが起これば、今度は受けきれるか分からない。

そしてそれは許されない事だ。国王仕えの魔術師として、いかなる場所でも私は負けてはならないのだから。

私は光の壁をその場に残し、土魔法を足裏に発動させて、音を立てずに高く跳んだ。これだけの量の水魔法を放っているのだ、あちらからも私の姿は見えていないはず。私は左手で光魔法を維持し、右手に別の魔力を込めた。

用意したのは流線形の水魔法の弾丸。私が誇るのはその精度と、速度だ。

さすがに怪我《けが》をさせるわけにはいかない。だがあの枝さえはじき落とせば、恐らく――……。

「⁉」

だが、宙を跳んだ私は用意した魔法を放つ先を持たなかった。いるべきはずの場所に、ロニーの姿がなかったからだ。魔法の弾丸は誰もいない場所から、今も尚《なお》発射されている。

私は気づく。ロニーは私と同じ発想をし、実行していた。それも、私よりも早く……。

跳び上がった私の視界の端に、観客ではない人影が映る。

それがロニーだと気づいた時にはすでに、彼は右腕の先に五つの白く刺々《とげとげ》しい塊を浮かべていた。

さっき私の光魔法を貫いたのは、あれか？

あれは……、なんだ？

水魔法じゃない。

あれはまるで、氷のようではないか。

もし、そうなら。

それが本当だとするならば、
あのロニーという男は――――。

私は無意識にそこで思考を停止してしまった。

ロニーが放つ魔法に対抗する手段を用意する前に、本能的に思ってしまったのである。

負けた、と。

○

俺は空高く跳び上がったダミアンを驚きとともに見上げていた。

魔法の弾丸をブラフに使い、彼女の死角に移動するところまではうまくいった。

俺がこの四日間で理論から実現までこぎつけた【氷魔法】――、その弾丸の雨は、両者の姿を覆い隠すほどに白煙を上げていたし、氷魔法を発動したまま本人が移動するというのも、意識は使うが不可能ではなかった。あとは彼女の死角から魔法の弾丸を一発でも撃ち込めば「一本取った」と言って差《さ》し支《つか》えないはずだと、そう思っていた。

だが俺が魔力を込めた瞬間――、その殺気を感知したのだろうか、彼女がその場から姿を消したのである。それが上空だと気づいたのは数秒後、俺は慌てて照準を定め直さなければならなかった。

そんなこともできるのか……、と感心している場合ではない。落ち着け。彼女は空中、さしもの王都最高魔術師も自由には動けまい。

そう思って杖に魔力を込め直す。

「ね、念のため五発くらい……。五つもあればどれかは当たってくれるだろ……。あ、あれっ⁉」

バキッ、という音がしたかと思い右手を見れば、持っていた杖が中ほどで二つに折れてしまっている。

強く握りすぎたのか？　いや、そうじゃない。折れている場所が違う。だとすれば、なぜ急に前触れもなく？

俺が狼狽《うろた》えている間に、杖の先端が地面にポトリと落ちる。すると浮かんでいた氷の塊も同じように支えを失い、ボトボトと地面に転がってしまった。

俺は杖に魔力を込め直してみる。だが、さっきまで思うがままだった俺の中の魔力は、途端にうんともすんとも音沙汰《おとさた》がなくなってしまっていた。

「な、なんで……？　なんで、急に折れたんだ？」

半ばパニックになりながら、落ちた先端を拾い上げようとしたところで——、目の前に人影が立っていることに気が付いた。

もちろん、ダミアン・ハートレイである。

彼女は俺を険しい表情で見下ろしながら右手をかざす。手のひらが白く発光していた。

「…………」

「は、はは……」

俺は諦めの笑みを張り付け、両手を上げてこう言った。

「ま、負けました……」

俺がそう言うと、ダミアンが俺に手を差し伸べてくる。

その手を取って立ち上がると、周囲から歓声が起こったので驚いたのだった。

○

「もう！　ロニーちゃんったら、どうしてこんな大事なことを内緒にしてたのかしら！　まんまと驚かされちゃったわ！」

満面の笑みのエリアが食卓に身を乗り出す勢いで言う。

「えーと、す、すみませんでした……」

「なにを謝ってるの！　私は貴方《あなた》を責めるつもりなんてないのよ、喜んでいるの！　ずっと貴方は出来る子だって信じていたんだもの！　ねえあなた？」

エリアが上座に視線を向ける。

するとドーソンが、口に運びかけていたフォークを置き、俺を見た。

「…………そうだな。しかし、あれには私も驚かされた」

「お父様には、特にご迷惑をおかけしてしまいまして……」

俺は恐る恐るドーソンに頭を下げる。何せ衆目の前で言い合いまでしたのである。もう頬の痛みは引いているが、試合後も父とはまだ言葉を交わしていなかった。

そんな俺の内心の不安を、父は打ち払う。

「いいや、謝らなければならないのは私の方だ。お前の話もろくに聞かず、カッとなって手を上げてしまったことを許してほしい」

ドーソンの口調は穏やかで、俺に向けられた視線は温かく懐かしいものだった。

「ゆ、許すだなんて、とんでもありません」

「お前は本当によくやった。魔法が使えることに驚いたのも事実だが、まさか王都最高魔術師殿と渡り合い、挙句《あげく》未知の魔法を披露するとは……。ロニー、私はお前が心から誇らしいよ」

「…………そ、そんな……」

何年も向けられることのなかった両親からの温かな言葉に、俺はもはや何と答えていいものか分からない。正直ここまで素直に反応が変わると思っていなかったのだ。

加えて驚いたのは、自分が想像以上に両親の言葉を嬉しいと感じている事だった。他者の無関心など別にどうだっていいと割り切っていたはずなのに、心の底では、あるいはもう一人の俺は、ずっと誰かからの評価を求めていたらしい。

俺の胸の中で複雑な感情が織り交ぜられ、なかなか食事が喉《のど》を通らなかった。

「それにしても、ロニーちゃん。さっきのあの魔法はなんだったの？　水魔法が氷になるだなんて、お伽噺《とぎばなし》の中だけの話だと思っていたけれど……。他でもないあなたが方法を見つけ出したというのは本当なのかしら」

「本当だよ。魔法が使えるようになる前から、兄様は魔法について研究してたんだ」

エリアの質問に、俺の隣に座るヨハンが応える。

「まあまあ、すごい。魔法に目覚めたばかりだというのに、一体どうやってそんな方法を思いついたの？　研究って一体どんなものなのかしら。お母さんに教えてくれる？」

「――どうやってと言われると、なかなか説明が難しいのですが……」

使用人含め食堂中の視線が俺に集まる中、俺の右斜め方向に座る紅い髪の女性も、ワインを片手に俺に語りかけてきた。

「私も非常に興味がある。私も知らない魔法という事は、少なくともこの国で扱える者がいないという事だ。大げさでも比喩《ひゆ》でもなくこれは大発見なんだ、ロニー」

ダミアンは元々、ヨハンとの手合わせの後はすぐに帰る予定だったはずだ。しかし、気が変わって一晩泊まっていくことにしたらしく、急遽《きゅうきょ》この会食が執《と》り行《おこな》われる運びとなった。その契機が俺との手合わせだったことは明白。彼女は今、知的好奇心のこもった熱視線を俺に送ってきていた。

「しかも君は私を負かす寸前まで行ったんだ。王宮仕えの魔術師としては、正直プライドがズタズタだよ」

「いえ、あれがダミアン様の全力でないことなど、この場にいる全員が存じていますよ。

俺は試合開始前まで魔法が使えることを隠していましたし、終始、怪我をさせないように立ち振る舞ってもおられました。実戦の場だとしたら、俺なんて瞬殺です」

「さあて、どうかな。心の準備をして臨《のぞ》んでいたとしても、結果は近しいものになっていたと私は思うがね」

「そんなおだてに乗せられるほど、子供じゃありませんよ」

俺はそう首をすくめてみせる。

「はっはっは、確かに君は子供らしくはないな。だが私が君の実力を認めたのは事実だ。どれだけ私が油断をしていたとしても、最後の事故さえなければ、君は一本を取っていた。過度な謙遜《けんそん》はむしろ無礼に当たるぞ？　かと言ってあまり触れ回られると、私の評判が危ういのだがな」

ダミアンはそう魅力的に微笑《ほほえ》んでワイングラスに口をつけた。酒気により顔にわずかな赤みがさした彼女は、昼間の凛《りん》とした美しさとは別の魅力を宿している。

ふと横の席のヨハンが俺に顔を近づけ、やや小声で尋ねてきた。

「そう言えば兄様、どうしてあの枝、急に折れちゃったの？　あれがなければ本当に兄様が勝ってたんじゃないかって、僕も思うんだけど」

「試合の勝ち負けはさておき……、あの場面であれが折れてしまった理由はまだ分からん。だが少なくとも物理的な原因で折れたのではなさそうなんだ」

「じゃあ魔力を注ぎすぎて壊れちゃったとか？」

「消去法的にもその可能性が一番高いかなぁ。ともあれ、なんらかの対策を講じなければ今後に差し支える。原因は詳しく突き止めておく必要があるだろうな」

「また検証と実験だね？」

「分かってきたなヨハン。そうだ、言いそびれてたが、水の温度を上げて発射するあの発想には感心した。あれは自分で思いついたんだろう？」

「へへ、秘密で練習したんだ。氷魔法は先を越されちゃったけど」

ヨハンが照れくさそうに笑う。俺は弟の頭をぐしぐしと撫《な》でた。

そこへ、俺たちのコソコソ話に気付いたダミアンが思い出したように言う。

「そうだヨハン。君にも約束を守ってもらわないといけないな？　一応私はロニーから一本を取っただろう？」

「うん、約束は守るよ。兄様のに比べたら別に大したことじゃないと思うけど」

「何を言う。あれにも大いに驚かされたものだ。――あ、すまない、ワインのお代わりを頼めるかな？　ああ、ありがとう」

「ダミアン様なら簡単にできると思うけどね。僕にできたくらいなんだから」

「なんだなんだ、君たち兄弟はそろって随分《ずいぶん》と謙遜家なのだな。王都にいる自尊心だけは一丁前な奴らに、多少見習って欲しいくらいだ」

ダミアンはそう口をへの字に曲げてから、またワインをあおった。食事が始まってから随分とペースが速いが、優秀な魔術師は酒にも強いものなのだなと俺は妙なところに感心した。

「そうですわ、ダミアン様。せっかくですから、王都の話を息子たちに聞かせてやっていただけませんこと？」

エリアがパンと手を叩いて言った。

「王都の話ですか？　たいして面白くもないと思いますよ、権威を笠《かさ》に着たどうしようもない連中の巣窟《そうくつ》ですからね……。ああ、そういえば先日――」

ダミアンを招いた家族そろっての食事会は、和《なご》やかな雰囲気のまま、夜を深めていったのだった。

◯

食事の席が終わり、片付けも終わって皆が床《とこ》に就《つ》いた時分、私は主人の部屋をノックした。少しの間の後、低い返事がある。

「入れ」

「失礼いたします、旦那様」

部屋に入ると、主人はこちらに背を向けるように窓際に立っていた。

窓の外は夜、部屋の中には机の上のランプが灯《とも》るのみで明るいとは言えない。私は入ってすぐ扉の横に立ち、オレンジ色に背を照らされる主人を静かに見つめた。

「遅くなって申し訳ありませんでした。片付けが長引きまして」

「……ダミアン殿はどうされた」

「随分ワインをお飲みになられておりましたので、もうお休みになられたかと」

「そうか」

主人は窓の向こうに目をやったまま、短く頷《うなず》いた。表情はここからでは見えないが、呼び出された要件については大体理解していた。

「……それで、どうされるのですか。想定外なことかと存じますが」

「想定外か……。ああ、そうだな。全く想定外だ。逆にお前は、……ジェイルはどうすればいいと思う」

「私、ですか？」

私は驚きを持って主人の背中を見る。彼が自分に意見を求めるのは珍しい。表には出さないが、内心ではひどく動揺しているのかもしれなかった。

「私は旦那様のご意見に従うのみでございます。今までの通り――」

「……お前はそう言うだろうと思ったよ」

主人がわずかにこちらへ振り返る。

その表情の機微《きび》まで読み取ることはできないが、そこには諦めと呼ぶべき感情が確かによぎったように見えた。主人は、薄暗闇の中からしばらく私を見つめた後、うなだれる様に首を振った。

「予定は変えない。もうナイフは振り下ろされてしまったのだ。後戻りはできない」

「………かしこまりました」

私は目をつむって一礼をし、部屋を後にした。

第八章　大きすぎる力

「おはようございます、ロニー様」

「…………あ、ああ、おはよう」

廊下《ろうか》を歩いていると、すれ違った使用人が恭《うやうや》しく挨拶《あいさつ》をしたので俺は驚いた。どうやら昨日の件で、家族や使用人たちの態度が急に変わったらしい。

まるで透明人間になる薬が切れたみたいだな。

俺はそう思いながら、朝も早い屋敷を抜け出して裏庭に出る。プテリュクス湖に行かなければいけないのだ。

昨日までは、魔法の練習や調整に必死で、資料に情報をまとめる余裕がなかった。しかし、魔法が使えるようになった経緯から、水魔法から氷魔法への発展技法発見については、王都最高魔術師のお墨付《すみつ》きも貰ったように、超重大トピックだ。この研究をいち早く形にするためにも、折れた杖の代わりを探すためにも、プテリュクスの枝のサンプルはもっと必要なのだ。

行って帰ってくるだけなら一時間強ほどだろうか。ダミアンの出立予定時間までにはさすがに戻らなければならないと考えても、まあ間に合うだろう。少し空模様が怪しいのでそこは急いだほうがよさそうだ。

「――あらロニー様、どこかへお出かけですか？」

足早に裏庭を抜けようとする俺に、またしても声がかかる。

黒いおさげに丸縁《まるぶち》の眼鏡《めがね》をかけたメイド服の女性だった。

「あ、ああ、ちょっと森の方へ………」

とまで言って、俺は首をかしげる。

はて、こんな使用人がこの屋敷に勤めていただろうか。この屋敷には十数人ほど使用人を召し抱えているが、さすがに顔くらいは一通り記憶している。新入りだろうか？カーラよりあとに新入りが入ったという話を、少なくとも俺は聞いていないが……。

俺がそんなことを考えながら丸眼鏡のメイドを見つめていると、視線の意味を察したのだろう彼女がにこりと微笑《ほほえ》んで言った。

「これは大変失礼いたしました。お目にかかるのは初めてでございます。私、ダミアン・ハートレイ様にお仕えしております、マドレーヌと申します」

「ああ、ダミアン様のお付きの方でしたか。どうりで」

俺がぎこちなく礼を返すと、マドレーヌと名乗ったメイドは小さく首をひねる。

「……ほら、ダミアン様もご挨拶くださいませ、失礼でございますわよ」

「…………え？」

一瞬何を言っているのか分からなかったが、どうやら俺ではなく、傍《かたわ》らの樹の陰《かげ》に向けて話しかけているらしい。俺が視線の先を追うと、樹の陰から四《よ》つん這《ば》いの影がのそのそと姿を見せた。

案の定というかなんというか、ダミアン・ハートレイその人が。

「…………あぁ、ロニーじゃないか……。うっぷ。おはよう、よく寝られたかな……？」

「おはようございます――、じゃないですよ。どうしたんですか」

思わず仰《の》け反《ぞ》った俺が尋ねると、気分の悪そうなダミアンの代わりにマドレーヌと名乗ったメイドが答える。

「昨晩、ワインをたくさんお飲みになったからなのです。本当はあまりお酒が強くないのに」

「ば、ばかもの……。私は権威ある国王仕えの魔術師だぞ、酒は飲んでも飲まれることなどなうっぷ……！」

「残念ながら、威厳もくそもありませんわよ」

「く、口に気をつけろ、マドレー……！　あ、やばい、来てる。もうそこまで来てる」

「もう、ダミアン様、よそ様のお屋敷の庭で吐かないでくださいませ。せめて敷地外まで移動していただけませんこと？」

「そ、そう簡単に言うがな、少し歩いただけで震動が胃に来て……、うぷ。い、いや、大丈夫だ……。万が一道半ばで倒れても、こういう時の為に水魔法があるのだから……」

「いや、違うと思いますけど⁉」

　俺はそうツッコみながら、まるで生まれたての小鹿のように樹の幹にしがみついているダミアンに歩み寄った。マドレーヌの毒のこもった台詞《せりふ》ではないが、本当に威厳もくそもない。俺は色々と可哀想《かわいそう》になって、ダミアンの背中に手を当てた。

「す、すまない、ロニー。招かれた先でこんな醜態《しゅうたい》を晒《さら》すとは……。ここまでは頑張ってきたんだ、部屋で吐くのはまずいと思って……。そこはいったん褒めて欲しい……」

「ロニー様、褒めてはいけませんわ。つけあがります」

「確認しますけど、本当に主従関係なんですよね？」

　俺は歯に衣《きぬ》着せぬ物言いのマドレーヌに再確認する。

　だがまあ、信頼関係あってこその物言いなのだろうことは雰囲気から察せられた。俺はダミアンの背中を撫《な》でながら、一応二日酔いの辛《つら》さを分かっている身として同情の言葉をかける。

「……まあ、別にここで吐いたって構いはしないと思いますよ。裏庭ですし」

「あああああ、手あったかい……。マドレーヌが冷たい分温もりが染みる……。で、でもここで吐くのは駄目だ……。わ、私にもプライドというものがあるんだからな……。あ、ダメ立ち上がれない」

「もうこの姿を見せてしまっている時点で、プライドは保てていないと思いますけれど。──そうですわ、ロニー様、ご用事があるのではございませんか？　こんな情けない魔術師にかまう事などございません、どうぞお急ぎください」

「……あ」

そう言われて、俺は早起きをした目的を思い出す。しかし、ダミアンは少し潤《うる》んだ瞳でこちらを見上げ返してきている。なんだろう、何を訴えかけている眼だこれは。

俺は少し逡巡《しゅんじゅん》した後、小さくため息をついて言った。

「──ダミアン様。屋敷の外までならおぶりますから、背中に乗って下さい」

「……え？　あ、あう、でも……」

「ほら」

俺がしゃがみ、背中に乗れという体勢を作ると、やがてダミアンがおずおずと手をかけてきた。運動神経が凡人以下なこの体でも、さすがに女性一人おぶるくらいはできる。幸い俺とダミアンの身長差はほとんどない。

「うぅ、恥ずかしい……。偉いのに私……。大人なのに……。ぐす、もう二度とお酒は飲まないと私は今誓った……」

「何度目ですの、その台詞」

「うぐっ」

体を震わせながら涙声で誓うダミアンに、マドレーヌの容赦《ようしゃ》のないツッコミが飛ぶ。

「一度目じゃないんだ……」

「そうなんです、聞いてくださいませロニー様。この前なんて大衆居酒屋で飲み比べをして負けた挙句《あげく》、朝起きたら路地裏で素っ裸だったたん――」

「あー!! あー!! や、やめろ！　馬鹿か貴様！　なぜその事を言うんだ！　それだけは秘密にしろと言ったのに！　ちち、違うぞロニー⁉　断じてそのような事はないからな！」

「いやもう、否定が間に合ってないですけど……」

「も、もう死ぬ!!」

まるで漫才でも見ているかのようなやり取りの中、俺はダミアンを邸外までおぶっていき、差し当たりのなさそうな場所に下ろした。


五分後。

草むらの奥からげっそりとしたダミアンが戻ってくる。髪が紅《あか》い分、顔面の蒼白さが余計に顕著《けんちょ》で痛々しかった。

「…………せ、世話をかけたロニー……。もう大丈夫だ。だが、何と詫《わ》びを言ってよいか」

「別に要《い》りませんよ、詫びなんて」

「そ、そうか……、優しいんだな君は。では醜態を晒したついでに我儘《わがまま》を言うなら、この事はあまり言いふらさないでもらえると助かるのだが……」

「お詫びをする立場で我儘を言うなんて、厚かましい」

「う、うるさいぞ、マドレーヌは……！」

「申し訳ございませんでした、ロニー様。これで少しは懲《こ》りたでしょうから、我が主《あるじ》になにとぞご容赦を」

「い、いや、俺は本当に大丈夫なんで」

バツが悪そうにするダミアンと、かしこまったお辞儀をするマドレーヌ。そして狼狽《うろた》えながら手のひらを振る俺。

……どういう状況なのだ、これは。俺が困り顔でそう思っていると、ひとつ咳払《せきばら》いをしたダミアンが、半分誤魔化《ごまか》すように尋ねてくる。

「用事があるという話だったが、こんな朝早くにどこへ行くんだ？」

「ええ、ちょっと森の湖の方に」

「ほう？　散歩かな？」

「いえ、枝を拾いに行くんです。昨日折れてしまったものも併《あわ》せて」

「枝………、ああ！　例のあの枝か！」

ダミアンが思い出したように声を上げた。そう、彼女が昨日の試合で奪い取ろうと狙った魔法の杖である。

「あれは森の湖の近くとやらで用意したものなのか」

「そうです。プテリュクスという樹の枝なんですが」

「ほお……。マドレーヌ、聞いたことがあるか？」

「――いえ、王都の方では聞かない樹の名前ですわね。この土地特有のものではないでしょうか」

「お前が言うならそうなのだろうな。そうだ、私もその用事に同行しても構わないだろうか」

「は、同行ですか？」

「昨日の話では……、まあ、ぶっちゃけ半分くらいうろ覚えなのだが、ロニーが魔法を使えるようになったのはその枝のおかげという話ではなかったか？　実に興味がある。私は寡聞《かぶん》にして、魔法を使えなかった者が樹の枝を介して魔法を使えるようになったという話を聞いたことがない」

「それはまあ、そもそも魔法を使えない人間自体が珍しいですから……」

「それにしてもだよ。ともかく、君が嫌でなければ是非一緒に行ってみたい。聞きたいこともまだまだあるしな」

「ええ、それは……、勿論《もちろん》構いませんが」

俺が急な申し出に戸惑《とまど》いながらも頷《うなず》くと、ダミアンは嬉しそうに微笑んだ。裏庭ではよくよく予定外の用事が起こるものだなあと、的外れなことを考えながら、俺たちは連れ立って道を下って行くのだった。

○

「──そ、そんなに老けて見えるのか、私は！」

背の高い木立の奥、草むらの中から悲鳴に近い声が響く。

「そういう意味じゃありませんよ！　王都の最高魔術師だからそんなに若いはずがないと思ってたんです」

俺は意図せぬ受け取られ方に、全身で否定を表した。王都最高魔術師と言えば、この国で魔法を使える者全員の頂点である。俺とはあまりに縁遠い話だったので、別に詳しくはないが、英才教育を受け、専門の学校を受け、数多くの魔術師たちと研鑽《けんさん》し合ってようやくたどり着く役職という事は知っている。だから、俺は今までダミアンが見た目がとんでもなく若いのだと思っていたのだ。

「しかしまさか、二十二歳だとは……」

俺は素直に感嘆の声を漏らすが、ダミアンの横に立つマドレーヌが悲しげに首を振る。

「お気遣いは不要ですわよ、ロニー様。おっぱいに十代ほどの張りがなくなってきた気がすると、最近ぼやいておられましたから」

「マ、マ、マドレーヌ!! ば、馬鹿なのか貴様は!! 湖に沈められたいのならば望み通りにしてやる!!」

ダミアンは先ほどよりもさらに大声で、もはや悲鳴に近い声で叫ぶ。しかしマドレーヌの方はまるで堪《こた》えていない様子だ。

「まあ、パワハラですの？」

「その前に精神的セクハラを受けている!! ロニー、断じてそのようなことはない。ぷりぷりのぱつんぱつんだ、私は」

「そ、そこに関するフォローをもらって、俺にどうしろと……」

「本当に本当に、老けて見えたりしてないか？ まだ当分大丈夫だと自分では思っているのだが、いかんせんストレスの多い職場だからな……」

「大丈夫ですよ、先入観なしで見れば年相応にしか見えませんから」

「そ、そうか……？　ならいいが……」

俺がそう言うと、ダミアンは口を尖《とが》らせながらも、納得してくれた様子で小さく頷く。

「しかしどうしてそんなに若く、そんな地位に？」

「ダミアン様は、幼い頃から神童ともてはやされ、飛び級に飛び級を重ねられましたから。今の地位にお付きになられたのは、もう四年前になりましょうか」

「ということは十八でですか。それは、すごい……ですね……」

弟がまさに神童ともてはやされているタイプではあるのだが、十八歳で国王仕え魔術師というのはさすがに尋常な事ではない。俺が素直に称賛《しょうさん》の意を表している横で、しかし当のダミアンは困ったように笑う。

「別にそうよいものじゃない。おかげで旧友と呼べる者もおらず、学校での思い出などもろくにないのだからな」

「…………」

その物寂しそうな横顔に俺はかける言葉を持たない。

それはきっと王都最高の魔術師ではなく、ダミアン・ハートレイという一人の女性の抱える寂しさだ。昨日出会ったばかりの俺に、彼女の何が分かるはずもない。

「ゆえにダミアン様は青春と呼ばれるものをろくに経験しておられず、魔術にかまけてばかりで女子らしい諸々《もろもろ》もすっとばし、叱《しか》ってくれる人がいなかったばかりに生来のドジを助長させ、『魔術天才そのほかポンコツ』という残念な子となり果ててしまったのですわ」

「マドレーヌ‼」

「あ、それはさっきのでなんとなく察しましたけど」

「ロニー⁉」

木立の中にダミアンの悲痛な叫びが、またも虚《むな》しくこだました——。

ともあれ、そんな雑談をしている間にも俺の用事はさっさと済んでしまった。拾い集めた枝の束を紐でまとめて鞄にしまう。

前回来た時はまだ用途が不明だったので小枝を主に拾い帰ったが、今回は杖として差し支えないものに絞った。そこに枯れ枝から若枝までバリエーションをもたせている形である。ダミアンも手伝うというので手を借りたが、そんなことをさせるまでもなかったようだ。

「——ふう。ダミアン様、もう十分ですよ」

「む、そうなのか？　これなども使えそうだと思ったのだが？」

「あ、本当ですね。ありがとうございます」

俺はダミアンから枝の束を受け取りながら、草むらから抜け出した。服についた細かな葉をはらいながら、木立の道の先に目を向けると湖面が見える。

さすがにこのまますぐ帰るのもあれなので、休憩という名目で湖畔《こはん》の芝生の上に腰を下ろすことにした。

「もう少し天気が良ければ気持ちよかったでしょうけどね」

俺は灰色がかった、お世辞にもピクニック日和《びより》とは言《い》い難《がた》い空模様を見上げた。この前ヨハンやカーラと来た時は気持ちよく晴れていたのだが。

しかし俺の横に腰かけたダミアンは、辺りの景色を見回すようにしながら言う。

「そうか？　ここは魔力が濃いので十分気分がいいぞ」

「……………魔力が濃い？　そんなことが分かるんですか？」

「うむ、それでか知らないが体もやや軽い気がする。なあマドレーヌ」

「私にはあまり違いは感じられませんが、ダミアン様は魔力の流れに敏感でいらっしゃいますから」

「ふむ、だそうだ」

「へえ……」

俺はそれを聞いてふと思い出したことがあった。

「そう言えばこの湖には、病気がちな王子が訪ねて来たところ、体が軽くなって快方に向かったという昔話があります」

「つまり、そういう事だろうな。まあどんな昔話にも所以《ゆえん》があるということだ。そして枝拾いをして分かったが、あの樹には特に魔力が濃く流れているようだな。それが君の魔法能力の目覚めを助けたというのはやはり驚きだが、一旦納得はできたよ」

「……ダミアン様にそう言ってもらえると、説得力が増しますね」

「ただ、私が少し魔力を込めてみた限りでは特に変わりはないようだったがな」

「ヨハンも同じことを言っていました。元々魔法が使える人には影響がないということでしょうか」

初めに、落ちる樹の葉を見て抱いた違和感。

それはプテリュクスの樹に流れている強い魔力が、重力と別方向の力を働かせたものだった。だから砂時計の計測結果にも差が生まれた。それだけの魔力が流れている故《ゆえ》に、俺の体の中の魔力の【出口】ともなりえた。

――それが、現段階での仮説である。

だがこれは本にも書いていないし、この土地の者も知らないことだ。それに気付けたのはひとえにセイリュウのアドバイスのおかげなのだが、逆に言うとセイリュウは何故《なぜ》この事を知っていたのだろうかという疑問もある。祠《ほこら》の中から出られないはずの精霊が、何故……。

「せっかくだ、ロニー。君の魔法をもう一度見せてはもらえないだろうか」

「…………」

「ロニー？」

「――え？　な、なんですか？」

「魔法を見せてもらいたいと、お願いしているんだが」

「魔法を？　ここでですか？」

「そのために枝を拾いに来たんだろう？　ここは湖だし、人目もない。水魔法を君に使ってもらうにはうってつけじゃないか」

「まあ、もはや出し惜しみする理由もないのでいいですけど」

俺は突然のお願いに驚きながら、ついさっき拾った枝の一本――、新たな魔法の杖となるべきものを取り出した。俺が言われた通りにそれに魔力を込めようと力を入れる。

しかしそこへ、「あ、その前にちょっとそれを貸してくれないか」と横槍《よこやり》が入った。

「……魔法を使わせたいんですか、使わせたくないんですか」

「馬鹿者。ただの枝では見栄えが悪いという気遣いではないか」

ダミアンはそう言いながら、俺の手から枝を摘《つ》まみ取る。

彼女は顔の前にそれを掲げ、水魔法を発動した――。それは例えるならば薄く伸ばしたバネのよう。らせん状を描《えが》いたか細い水の糸が、彼女の持つ枝を包み込む。

何をするのかと思って見ていると、シュルシュルという鋭い音が聞こえ、気付けば枝の表皮部分が足元に落ちていた。

「うむ、これでいいだろう」

「す、すごい……。なんだか一気に魔法の杖という感じになりましたね」

「魔法の杖？」

灰色の表皮が取り除かれたそれは、神々《こうごう》しささえ感じる様な真っ白い一本の杖となっていた。前回使っていたものよりも枝の形がいいこともあり、より様になっている。

ダミアンはそれを俺に手渡す。

「じゃあ、行きます」

俺は俄《にわ》かに湧き上がった胸のわくわくを抑え込むように、杖を振るう。

せっかく目の前に大量の水をたたえる湖があるのだ、せっかくならそれを操ってみよう。そう思った。

「――――――――は？」

その声を漏らしたのが、三人のうちの誰かは分からない。

もしかしたら全員が一斉《いっせい》にそう言ったのかもしれない。だが、そんなことに考えが及ぶはずもなく、俺は目の前に浮かんだ【それ】をただ見上げるしかできなかった。

一切が干上がった湖の上に浮かぶ、巨大というにはあまりに度が過ぎた【湖の水だった巨大な球状の塊《かたまり》を――――。

目の前の光景の理解ができない。

頭上に浮かび大きくゆっくりと回転しているのは、湖の水を丸ごと浮かべたあまりに大きすぎる水の球。ぽっかりと大きな穴をあけた湖だった場所には、驚いて跳ねる魚が見える。

「――――」

言葉が出ない。

顎《あご》が外れるかというほどあんぐりと口を開けた俺の足元に、ポトリと杖が落ちた。すると、その動きに連動するように浮かんでいた水の塊が支えを失って、あるべき場所に落ちていく。

轟音《ごうおん》が森の中に響いた。衝撃で大地が大きく揺れ、津波の様な水しぶきが起こり、森の鳥たちが一斉に空へと飛び立った。俺たちは水しぶきから逃れるように森の方へ駆けるが、当然間に合うはずもなく頭から水をかぶってしまう。

俺たち三人は視線を交わし、とにかくすぐに屋敷へ帰ろうという事になった。

果たしてこれがきっかけだったかは分からない。

だが、ずっと機嫌が悪かった空模様はいよいよ色を濃くし、俺たちが帰り路を登る頃には、パラパラと小さな雨粒をこぼし始めたのだった。

○

もう少し俺の性格が違えば、この事に喜んでいたのかもしれない。
すごい――。俺ってもしかして、最強になっちゃったんじゃね――？
これでもう二度と、俺の事をごく潰しなんて呼べる奴はいないぞ――。
そんな風に。
しかし、残念ながら俺はそういうタイプではなかった。
思わず思ってしまったのだ。
思わずにはいられなかったのである。
せっかく手に入れた自分のこの力を、
――怖い、と。

○

「どどど、どうされたのですか⁉⁉」

びしょ濡《ぬ》れのまま屋敷へ着いた俺とダミアンたちを、カーラが驚きの声で迎えた。

「……ちょ、ちょっとな……」

「た、確かに雨が降ってきたとは思ってましたが、いくらなんでもずぶ濡れすぎでは⁉」

「と、とりあえず風邪《かぜ》をひきそうなんだ、着替えさせてくれ。ダミアン様たちの分の毛布も頼む……」

「わ、分かりまひりました‼」

初めて聞く返事をしながら、屋敷の奥へカーラが駆けていく。

俺は振り返り、改めてダミアンとマドレーヌに頭を下げた。

「……本当にすみません。今日この後お帰りになるという所だったのに、こんなことになってしまって」

するとダミアンは、何を馬鹿なという表情で首を振った。

「謝るのは君ではない。私たちが同行を希望し、魔法を使うようにせがんだんじゃないか。だから謝るのは私の方だ。…………まあ、心底驚かされたのは事実だが……」

そうフォローをしてくれるダミアンの表情も、先程までと比べるとさすがに硬い。王都最高魔術師にそんな顔をさせるほど、さっきの一件は常識の埒外《らちがい》だったのである。帰り道も明らかに言葉数は少なかった。

「ともかく着替えさせていただきましょう。ダミアン様はさておき、ロニー様と私が風邪を引いてしまいますわ」

「なあ、なぜ自分の主人をさておいた……？」

玄関先でそんなやり取りをしているうちに、すぐカーラが他の使用人たちを連れて帰ってくる。山の様なタオルをかぶせられ、ダミアンたちは奥へと連れていかれた。

「ロニー様もこちらへ」

俺を風呂に案内したのはカーラではなく、初めて話すメイドだった。

彼女は俺の頭を丁寧に拭《ふ》き、上着を脱がして熱い湯を用意する。まるで急に貴族の息子にでもなったみたいだと思ったら、俺は元々貴族の息子だった。

「扉の外におりますので、またお声がけください」

「ああ、うん、分かった」

そう返事をした所で、ふと足元に転がる陶器の破片の様な物が視界に入った。退出しかけたメイドは俺の視線の意味に気付き、流れるような動作でそれを拾いあげる。

「失礼しました。先ほどカーラに掃除をさせたのですが……、後で叱っておきます」

「いやいや、やめてあげてくれ……。花瓶でも割れたのか？」

「ええ、先ほど大きな地震がございましたので、その時に物がいくつか落ちたのでございます」

「地、震…………？」

「お気づきになられませんでしたか？」

「……いや、俺も驚いたんだった。そうか、この屋敷まで揺れたのか……」

メイドの言う地震が、湖での一件であることは明白。俺は自分が為《な》したことの影響の大きさを痛感させられた。

「とにかくカーラにはよく言い聞かせます。ロニー様が怪我《けが》をするところだったと」

「いい、いい。最近のあいつは、巡り巡って俺に文句を言ってきかねないきらいがあるしな……」

とにもかくにも俺は湯船につかり、冷えた体を温めた。

目をつむって起こった事を思い出す。

ついさっきの現象は、控えめに言っても一度目の魔法の暴走の時と規模の大きさが違う。空気中に水を生み出すことと、既にある水の魔素に働きかけるのでは勝手が違うのかもしれない。杖の樹皮を取ったことによって魔力の流れ方がまた変わったのかもしれない。あの湖近辺に魔力が満ちていることもあったんだろう。

――だとしても、あのダミアンが言葉を失うほどには【あれ】は異常だった。いや、異常でなくてはおかしい。だってあれは、もはや魔法とか物理法則の枠に収まっていい現象ではないじゃないか。誰がどう見たってそんな可愛《かわい》いものじゃない。

【天災】だ、あれは。

災害を引き起こしたのだ。他でもない、俺が――――。

俺はどうしようもなくざわつく胸元を掻《か》きむしった。

駄目だ。今はとても冷静になれそうにない。しばらく魔法を使う事も控えた方がいいかもしれない。そうだ、ダミアンを見送ったらセイリュウの所に行こう。あいつなら今回の事を客観的に判じてくれるに違いない。

それを思いつくと、少しだけ心が軽くなったのを感じた。

○

風呂から上がり、自分の部屋に戻って新しい服に着替えた俺は、窓の外を見て落胆の息を吐いた。

「雨が強まってきたな……」

外はいつの間にか土砂降り。帰るのがもう少し遅ければ、あの一件がなくてもずぶ濡れになっていたようである。

「――朝食でございます」

「ああ、ありがとう」

先ほどのメイドがトレイに載せられた朝食を部屋へ運んでくる。俺は受け取った皿からサンドイッチをつまみ一口かじるが、あまり食欲が湧かず、すぐに皿に置いてしまった。窓の外の濃く黒い空模様が、そんな気分を助長させる。

できれば今日のうちに祠に行きたいと思っていたが、さすがにこの雨の中を丘まで行くのは大変だ。それに今や使用人にも見咎《みとが》められてしまうだろう。

少なくとも今日は諦めた方がよさそうだと、俺は椅子の背もたれに体重を預けた。まあ、急いでどうこうなる問題でもないのだが。

「…………──」

しばらくぼんやりと窓の外を眺めていると、ドアがノックされた。

さっきのメイドとはまた別の男の使用人だった。

「間もなく、ダミアン様がお発《た》ちになられるそうでございます」

「──もうそんな時間か」

いつの間にか時間が経《た》っていたことに驚きながら、急いで部屋を出て階段を降りると、ちょうどよくヨハンと遭遇する。

「あ、兄様。朝ごはんの時いなかったけどどうしたの？」

「──ん、ああ、ちょっとな」

「ふうん？」

さすがに今朝起こった事を仔細《しさい》に話す気にはならず、俺は曖昧《あいまい》な返事をするに留めた。

ヨハンは不思議そうな顔をしていたが、それ以上は聞いては来なかった。

玄関につくと、すぐ目の前に馬車がつけられダミアンとマドレーヌが立っているのが見えた。ドーソンやエリアと既に言葉を交わしているようだ。

「改めまして、この度《たび》はこのような辺境までご足労頂き、誠に感謝の念に堪《た》えません。特に息子たちにとっては、非常によい学びの機会となった事と思います」

「よい出会いとなったことを私も嬉しく思います。ロニーとヨハンについては……、いえ、彼らなら何も心配せずとも勝手に名前が耳に入ってくることでしょう。王都でその日を心待ちにするとしますよ」

ダミアンはそう微笑み、ドーソンの背後に並ぶ俺とヨハンに小さくウインクをする。

「ダミアン殿にそう言っていただけるとは、恐れ多いことでございます」

「――さて、予定外に滞在が延びてしまったこともありますので、早く王都に戻らなければ」

ダミアンは馬車に足をかけながら、昼前だというのに驚くほど暗い空を、忌々《いまいま》しげに見上げる。

「足元が悪いのでくれぐれもお気をつけて」

「ありがとうございます」

彼女は最後に一礼をしてから、マドレーヌと共に馬車に乗って雨の中へと姿を消していった。

馬車が見えなくなったところで、隣のヨハンが小さく俺に呟《つぶや》いた。

「…………なんか、意外とあっさりしてたね」

「まあ、急いでいるという話だったからな」

「そっか」

そうは言ったものの、もう少し何か言われるかと思ったのは確かだ。

朝の湖の一件を、すこし過敏に考えすぎていたのだろうか――？　と考えながら、俺は自室の扉を開いた。

すると――、

「やあ、ロニー。さっきぶりだな」

つい数分前に見送ったばかりのダミアンが、窓枠に足をかけてこちらを見ていた。俺は慌てて廊下に誰もいないことを確認し扉に鍵をかけた。なんだか反射的にそうしなければと思ったのだ。

「な、なな、なんでここにいるんですか……⁉」

「はっはっは、驚いたか？」

「驚くでしょ、そりゃあ……！」

「帰る前に君と二人で話をしたかったのだが、どうにもその機会がなくてな、少し大胆な方法になってしまった。許せ」

「────」

ダミアンは窓枠に器用に腰かけると頷く。

そういえばここ一応三階なんだけどと思うが、他の驚きポイントの方が勝っているのでスルーせざるを得ない。

「馬車を待たせているので手短に話そう。話というのは君の魔力についてだ」

俺はギクリとして、一歩後ずさる。

「…………それは、つまり……、朝の湖の件ですか……？」

「より正確には昨日の手合わせの件も含めて、だな」

ダミアンはそう言って、肩の水気を軽く払ってから部屋の中へと降り立つ。

「魔力の及ぶ範囲は魔力量に比例する。それは皆が知るところであり、君とて百も承知だろうが……、問題は、君の魔力量が化け物級だったという点だ」

「…………ば、化け物……」

「あの湖がさして大きくはないと言っても、外周二キロほどはあったろう？　つまり君の魔力の及ぶ範囲が、それ以上の規模だという事になる。魔力量には自信があった私も、あの湖を丸ごと浮かべてみせるなどという離《はな》れ業《わざ》は不可能だ。私にできないという事は、王都の魔術師連中の誰にもできないという意味でもある」

ダミアンは特に俺の返答を待つ様子もなく、淡々と事実を述べる。

「あの場所に魔力が満ちていたことを考慮しても、君の力の大きさは否定しようがない。力を向ける先は気を付けなければ、今後どのような事が起こりうるか私にも分からない」

「――――」

俺はまた一歩後ずさりし、苦い唾《つば》を飲み込んだ。

それは既にセイリュウに言われたことでもある。

俺の力は、人を殺すことだってできると――――。

しかし、ダミアンはそんな俺を見て、微笑みながら首を振る。

「そう深刻そうな顔をするものじゃない。私は君を脅《おど》かそうと思ってこんなことを言っているのではないんだ。これはあくまで一応の為の忠告なんだから」

「そ、そうは言っても…………」

「今朝の一件に浮かれたりせず、真剣に受け止めている事に私はむしろ好感を持つよ。あれだけの魔力が目覚めたのが、ロニーでよかったと本心から思う。そこらへんの馬鹿だったら何をしでかすか分からないが、君ならその心配もないだろう。安心してくれ。仕事柄、人を見る目はある方でね」

気休めにも聞こえたが、少なくとも俺の目には、それが無理に嘘《うそ》を言っている風には見えなかった。

「そうだな……、これで君を安心させられるかは分からないが、ひとつ考慮すべきなのは、今朝のあれは十六年間溜めた魔力分をごっそり消費したものなのではないかという可能性だ。君の中に相当量の魔力が貯蓄《ちょちく》されていたとしても、あれほどの規模の魔法を乱発すればいくら君と言えど早々に貯蓄分が底をついてしまうと思う」

「――――あ」

そこで俺は、確かにその事を失念していたことに気付いた。魔法が魔力量に比例するなら、湖の水を浮かせられるだけの魔力が俺の中から消費されたという事になる。質量保存の法則だ。

「そういう意味でも、私は驚きはしたが大きく心配はしていないんだ。あれはまだ力が発現したばかりの君の【魔力の暴走】ともいえるもので、一度空《から》になれば人並みになるかもしれないし、調節さえできれば今朝のようなことは起こらないはずだ」

「な、なるほど……」

ダミアンの意見は、俺にとっても腑《ふ》に落ちるものだった。

魔力が溜まる仕組みをダムに見立てて考えれば、放水バルブの回し加減の問題なのだと、ダミアンはそう言いたいのだろう。大量の水が溜められるとは言っても限界はあるし、バルブを閉めれば事故にはならない。

「まあ、有している力を正しく自覚した上で気を付けてくれ給《たま》えということだな」

「……少し気が軽くなりました、ありがとうございます。しかし、それを忠告するためにわざわざ戻って来てくれたんですか？」

「いや、これはあくまで確認で、お節介の部分だ。本題は別にある」

「？」

なんだろうと不思議に思う俺に、ダミアンは真剣な眼差《まなざ》しを向け、一呼吸おいてからこう言った。

「ロニー。君は……、王都へ来る気はないか？」

俺は一瞬何を言われたのか分からず、思わず聞き返す。

「…………な、何ですって？」

「もっと正確に言えば、私の元に来る気はないか、だな」

「――いや、えっと、どういう意味ですか？　俺が王都へ？　な、何をしに」

狼狽える俺を見て、ダミアンは窓際の机の上に目を落とした。

「無論これだよ」

そう言って机の上の紙の束を手に取る。

俺の一ヶ月の研究成果『魔法物理学基礎』がまとめられたものだ。

「今日の道中でも簡単に話を聞いたが、君の魔法の研究は実に面白い。いや、新しいんだ。氷魔法の発見はもはや言うに及ばないが、それだけでなく精霊が与えたもうた魔法の力に、こんな角度から研究に取り組んだ者を私は他に知らない」

ダミアンはそう言いながら、パラパラと紙をめくる。

「……これをよく思わない者もいるだろう。精霊の奇跡の否定とも受け取られかねない内容だからな。それでも、実際未知の魔法を発見せしめているわけだし、君の研究がこの国の発展に大きく役立つことは疑いようがない」

俺はごくりと唾を飲みこんでから、確かめるように問うた。

「つ、つまり、王都で魔法の研究をしないか……、ということですか……？」

「そうだ。資料の数や研究の環境を鑑《かんが》みても、王都の方がなにかと都合がいいはずだ。安心して欲しい、とやかく言うやつは私が黙らせる」

「────」

俺はすぐに言葉が出なかった。

今後、魔法の研究を長い目で続けるつもりだったことは確かだが、王都へ行くなどとは、思いもしていなかったからである。

しかし、回り切らない頭でも理解する。

もしかして今俺は、人生での重要な決断を求められているのではないか、と。

「はっは。まあ、すぐに答えが出るものではないだろうな。だが君が是《ぜ》と言えば、すぐにでも話を進める準備をしておく。詳しくは王都についてから手紙を書くから、それを見てくれ。じゃあな、ロニー」

「────え、えっ？」

ダミアンはそうとだけ言い残し、俺の返答を待たずに姿を消してしまった。慌てて窓の下を見下ろすも、すでにそこに彼女の姿はない。

まさしく風のように現れ、風のように消えてしまった。

「ええ…………？」

一人部屋に残された俺は、ダミアンからの話を繰り返し脳内で反芻《はんすう》するのだった。

エピローグ

「――ああ。雨が強くなってきちゃった。ねえ。スピン。大丈夫かなあ。一回馬車停めて止《や》むの待とうか」

長身の男が、ずぶ濡《ぬ》れの体を震わせながら背後を振り返る。すると馬車の荷台の奥から、小柄な男が顔を覗《のぞ》かせる。

「馬鹿だなバーズビー、お前はよ。可哀想《かわいそう》になあ。俺らは遊びで来てんじゃねえんだからよ、とにかく早く目的地に着かなきゃいけねえんだよ。分かるか、あ？　それで合図があるまで街の近くで待機、そうデリバリー・マーチェスが言ってただろ」

ぶっきらぼうな口調なスピンと呼ばれた方の男は、そう言いながら御者台《ぎょしゃだい》に座る男の背中を殴った。バーズビーと呼ばれた男は不満そうに口を尖《とが》らせるが、言われた通りに手綱《たづな》を引き直す。

馬車に乗っているのはこの二人だけ。強い雨が降る中、道とも呼べないような山道を、ぬかるみに足を取られながら馬車は進んでいた。

「今、どのへんだ？」

「知る訳ないだろ。頭悪いんだから。僕はただまっすぐ進めって言われてるからまっすぐ進んでるだけだよ。地図はスピンが見てるんじゃないの」

「仕方ねえ。お前はよお、ほんっとうに頭が可哀想だからな。つってもこうも薄暗くちゃ、地図見たってよく分かんねえんだよな。ああ――、分かんねえ、うぜえ‼　死ね‼」

スピンは一瞬だけ地図に目を通して、しかしすぐに大声を上げて床に叩きつける。そして勢いあまって馬車の壁や、荷台の荷物を蹴りあげるが、そんなスピンの突然の癇癪《かんしゃく》にバーズビーは大した反応も見せなかった。

「……くっそがよ、イラつくぜ……！　まあ方向はあってるはずだから、とりあえず山登って下りりゃ目的地に近づくだろ。なあバーズビー」

「うん。それもそうだね。……そう言えば、今向かってるのはどんな場所なんだっけ」

「んあ？　俺も大して知りやしねえよ。別に興味もねえしよ、仕事だけしてさっさと帰る。いつも通りだろうが。ただ、水が綺麗《きれい》だから酒が美味《うま》いってマーチェスが言ってたっけな」

「んー。お酒はいらないよお。僕飲めないもん。この前、うっかり飲んだらいつの間にか朝になってたんだ。マーチェスに二度と一人で飲むなって怒られちゃった」

「うひははは。思い出した、そうだったな、バンナビー・バーズビー。マーチェスにしこたま怒られてるお前の顔は傑作《けっさく》だったんだ。ただでさえ馬鹿なのによ、酒飲んだら記憶なくなるってんだから救えねえぜ、可哀想によ」

「む。そんな言い方……。でもそう言うってことは。スピンはお酒が強いんだね。すごいなあ」

「――――いや、そういや俺も酒は飲めねえんだった……」

「あはは。なんだよ」

二人は鬱蒼《うっそう》とした木々に囲まれた山道の中で笑い声をあげ合う。本来はわざわざ選ばないような悪路、しかもこの雨である。二人の奇妙な会話を聞く者はいない。こんな山道を選んだのは二人の会話に出てきたマーチェスという男。それは勿論《もちろん》、人目に付くことを避けるためだった。避けるような理由が彼らにはあるのだ。

「あ」

ふと、重かった馬たちの足取りが軽くなり、同じタイミングでバーズビーが声を上げる。スピンがその視線の先を追うと、すぐに理由を理解した。

まだいくつかの山を間に挟んではいるが、はるか先に目的の街が垣間見《かいまみ》えたのだ。スピンは得意げな声を上げる。

「ほら言ったろうが、進んでりゃ目的地には着くってよぉ！」

「うん。さすがスピンだよ。あとは街の近くに馬車を隠して。マーチェスからの合図を待てばいいんだよね？」

「そういうこった。ああ、とりあえずこのクソうぜえ馬車の揺れとはおさらばって訳だ。せいせいするぜ、なあバーズビー」

「うん。うん。僕も疲れたぁ。ねえ。スピン。もう目的地が見えたからさ。荷台に残ってるごはん食べてもいいかい？」

「馬鹿だな、バーズビー。着いたからって、マーチェスからの合図がすぐにあるかは分かんねんだよ。仕事の前に目立つわけにもいかねえんだから、計画的に食べねえといけねえんだよ。でもそうだな、頑張ったご褒美に特別に許してやる。ほれ、感謝しろ」

スピンはそう言って、荷台から袋に包まれた何かの塊《かたまり》をバーズビーに手渡した。

「わあ。ありがとう。スピンは優しいなあ」

「ちょうどいい、ここで一旦休憩しようぜ」

馬車は山頂付近で停車した。雨は今なお降り続いており、見晴らしも大してよくはない。しかし二人は特に構う様子もなく、塊を頬張《ほおば》った。

口いっぱいに物を詰め込んだまま、ふとスピンが問う。

「なあ、ファーズビーよぉ。ほまえ、この前酒でひおく飛んだ時、うっかり何人ほろしたつったっけか、酒場のひゃくをよぉ」

バーズビーは同じくリスのように口を膨らませながら答える。

「むー。それがふぉふぉえてないんふぁよねえ。マーヘフはたしか――、ふぁひ人だってひってた気がするへど……」

「――ごくん。ひひは、何人って言ったかわっかんねえよ、馬鹿」

「ふぇへへ。へっへ」

二人は愉快そうに笑い合い、遠く先のナラザリオの街を見下ろしながら目を細める。

そしてまたしばらくの後、馬車はじゅくりというぬかるんだ音を立てながら、車輪を回転させ始めるのだった。

特別書き下ろし短編

カーラとロニー

朝六時――。

暖かな朝の光を感じて、カーラは目を覚まします。ぱっと体を起こし、シーツを畳《たた》み、パジャマからメイド服に着替えます。そして同じ部屋の先輩を少し揺すってから、廊下《ろうか》へと出ました。人一倍寝起きがいいことが、カーラの数少ない取り柄《とりえ》なのです。

まだ他の方の姿はなく、朝独特の静かで冷たい空気が屋敷の中に満ちています。カーラはこの雰囲気が好きでした。これだけ人がたくさんいるお屋敷なのに、今だけはカーラが独《ひと》り占《じ》めしたような気持ちになるからです。

よしっ、と小さく気合を入れてから廊下の清掃に取り掛かります。使用人の部屋があるこの東棟の掃除が、まだ新人であるカーラのお仕事です。

カーラがしばらく窓拭《まどふ》きや掃き掃除をしていると、先輩方の姿がちらほらと見え始めました。そして通りがかりに「窓を割らないように丁寧に拭きなさい」とか「掃《は》いたところを汚れた靴で歩いたら駄目」とかアドバイスを残していかれます。そんなおっちょこちょいではないと言いたいところですが、これらは繰り返し失敗している事なので返す言葉もありません。早く一人前のメイドになりたいなあと思うのですが、その道のりがとんでもなく長いだろうことが自分でも分かるので困りものでした。

「カーラ」

ふと、先輩に声をかけられます。

「ここの掃除は一旦いいわ。南棟の掃除、あなたも手伝ってもらえるかしら」

「――み、南ですか？　で、でもこの前は、旦那様たちのおられる棟はまだ早いと言っておられましたが……」

「体調不良者が出て人手が足りないの。ここに入ってもう三ヶ月よね？　これから覚えることも増えるんだから、いい練習になるでしょう。まずは床磨きから」

「は、はいぃ、分かりました……」

先輩は付いて来なさいという風に顎《あご》をしゃくります。カーラは持っていた箒《ほうき》を片付け、急いでその背中を追いかけました。

急な事に驚くとともに、カーラはなんだか嫌な予感がしました。南棟は旦那様たちのお部屋がある棟で、東棟を掃除するのとは訳が違います。そしてこういう時に限って、ドジを踏んでしまうのがカーラなのです。

いつも掃除をしている東棟と違い、南棟は絨毯《じゅうたん》や壁の装飾なども豪華です。壁には金色の額縁《がくぶち》の大きな絵画が掛けられていたり、ところどころに使い道が分からない甲冑《かっちゅう》や、宝石のちりばめられた壺《つぼ》などが置いてあります。見るからに高価そうなそれらにおっかなびっくりしながら、カーラは言われた通りに床を磨き始めました。

まだ旦那様たちがお休み中なので、物音を立てないように気を付けなければいけません。あまり大きな声では言えませんが、カーラは旦那様が少し怖いのです。直接怒られたことはありませんが、いつも無表情で感情の読めないところに近寄りがたさを感じます。

もっとも、旦那様のお世話付きなどカーラが任されるはずもないので、要《い》らぬ心配ではあるのですが、いつかそういうお役目になったらどうしようと思ってしまいます。

ふと顔を上げると、ちょうど旦那様のお部屋の前。手元からキュッという音が鳴るたび、カーラの心臓もキュッとなります。わずかな息遣いさえ叱《しか》られてしまいそうで、カーラはなるべく急いで扉の前を通り過ぎました。

その奥のお部屋は、このお屋敷の次男でいらっしゃる、ヨハン様のお部屋でした。

ヨハン様はカーラにも気兼ねなく話しかけて下さる明るいお方です。それでいて、文武両道の天才だというのですから、カーラより歳《とし》は下のはずなのにすごいなあと思います。

そう言えば、ヨハン様のお兄様――、長男でいらっしゃるロニー様のお部屋はこの棟にはありません。何故《なぜ》かカーラたち使用人の部屋がある東棟の二階にお部屋があるのです。ロニー様ともまだお話ししたことはありませんが、聞くところによると、どうやら魔法が使えないのだそうです。それで旦那様や奥様はロニー様を東棟の部屋に遠ざけ、関わることを避けておられるようでした。先輩方も皆、ロニー様の事を見えないかのように振る舞います。カーラはなんだかそれが、悪いことをしているようでとても居たたまれなくなります。

でもただ一人、ヨハン様だけが例外でした。ヨハン様とロニー様はとても仲がよいのです。お勉強の合間によく遊んでいらっしゃる姿を見かけます。ヨハン様はロニー様が魔法を使えないことも、周りからの少し冷ややかな視線も、気にしていらっしゃらない様子でした。

と――、いつの間にか手が止まっていたことに気付いて、カーラは急いで床磨きを再開します。

拭き掃除が端まで終わるには、一時間近くかかってしまいました。長い廊下だからというのもありますが、慣れない場所で変に気を張っていたので、余計に時間がかかりました。そこからは先輩に倣《なら》って、廊下に飾られる陶磁器の掃除や、花の取り替えなどを行いました。

そのうち、旦那様や奥様のお部屋に使用人たちが出入りをし始めました。お目覚めの時間になったようです。ここからは、お着替えや身支度を終えてから朝食と、忙しくなります。

「カーラ、掃除はもういいわ。ありがとう。後で街へお使いを頼むから、それまでは東棟の掃除に戻ってもらえるかしら」

「は、はい。わかりましたっ」

そう言われて、カーラは胸を撫《な》で下《お》ろします。とりあえず大きなミスをして、叱られるということはなかったようです。

扉の向こうからややくぐもった旦那様の声が聞こえたので、カーラはそそくさと掃除用具をまとめます。もちろん忘れ物がないか辺りを見回し、自分の体にも異変がないかどうか確認してからです。以前カーラは、自分で知らないうちにお尻をひどく汚していたことがあるので侮《あなど》れません。くるくると回り、入念に確認します。大事なのは自分を信用しないことです。

「何をしているの、みっともないところを旦那様にお見せしてはダメよ」

「し、失礼いたしました！」

「廊下を走らない！」

「は、はぁいっ」

カーラが背後からの声に肩を竦《すく》ませながら廊下を折れたところで、目の前に何かが迫っていることに気付きました。

「うわっ」

「ひあっ⁉」

声を上げたところで間に合いません。ぶつかりこそしませんでしたが、カーラは自分の右足を左足にひっかけてしまい、盛大にバランスを崩してしまいました。両手で掃除用具を抱えていたので、カーラは顔から床にダイブしそうになります。

「――――」

ゴツンッ、と鈍い音がします。

しかし、カーラの顔は硬い床の代わりに、柔らかな何かにぶつかりました。何が起きたか分からずに目を開くと、カーラは自分が人を下敷きにしてしまっていることに気付きます。

「あいてててて……」

「‼」

加えて、その下敷きにしてしまった相手はなんと、ナラザリオ家長男――、ロニー様だったのです。

カーラは心臓が口から飛び出るかと思いました。瞬時に飛《と》び退《の》き、そのままの流れで床に頭を擦《こす》り付《っ》けました。

「すすすすすす、すすみません、ロニー様っ‼　お怪我《けが》は、お怪我はありませんか⁉

あわわわわわ、カーラが前方の注意を怠《おこた》ったばかりに……！」

「えっ、ああ……、いいよ大丈夫。ちょっと腰を打っただけだから。それより――」

「いえ！　とんでもないことをしでかしてしまいました！　どんな処罰もお受けする所存でございますっ！　クビでも鞭打《むちう》ちでも……、そうです、かわりにカーラのお尻を！　お尻を叩いて下さいませ………‼」

カーラは額が擦れて焼けるほど床に擦り付けます。せっかくドジをしないようにと最大限気をつけていたはずなのに、少し気を抜くとこうなのです。カーラは自分が嫌になりました。どんな怒号が飛んでくるのかと、カーラは身を縮めます。

「………ぷっ、あはは」

しかし、聞こえて来たのは笑い声でした。カーラが驚いて顔を上げると、優しい笑みを浮かべたロニー様がこちらに手を伸ばしていらっしゃいました。とりあえず、お尻を叩くつもりでも、頭を叩くつもりでもないようでした。

「大丈夫？　怪我はない？　僕は大丈夫だし、怒ってもないから安心して」

その伸ばした手が、カーラに差し伸べられているのだと気づくのには時間がかかりました。ロニー様は首をかしげた後、カーラの手を掴《つか》んでそのまま起こして下さいました。

「どうしたの？　もしかしてどこか痛めてた？」

「……い、いえ、おかげさまでカーラは何ともありませんが……、ロ、ロニー様は……」

「大丈夫だから、気にしないで。あ、でももしお父様とかだったらきっと怒られちゃうから、次からは気をつけた方がいいと思うよ。じゃあ」

「へ、あ、あぇ？」

ロニー様はそうとだけ言い残すと、カーラが来た方向へと歩いて行かれます。てっきり特大のお叱りが来ると思っていたカーラは予想外のお咎《とが》めなしに、逆にどうして良いかわかりません。

廊下を折れようとされるその背中を、カーラは思わず呼び止めてしまいます。

「――ロ、ロニー様っ」

「？」

ロニー様は足を止め、首だけでこちらを振り返ります。

「あのっ、なんと申しますか、その……、あ、ありがとうございました！」

よくよく考えると、勝手に角から飛び出し、挙句《あげく》人を下敷きにしておいて「ありがとう」もないものだと思いますが、受け止めてくれたことと、怪我を心配してくれたこと、その両方がカーラには嬉しくて、どうしてもお礼を言わなければという気持ちになったのでした。

ロニー様は目を丸くし、驚いた表情でしばらくカーラを見つめておられましたが、一度あたりを見回した後に、少し困った顔で「いいって」と微笑《ほほえ》まれました。

カーラはロニー様の姿が廊下の角に消えてからも、しばらくその場に立ったままでした。そう言えば、これがロニー様と初めての会話になるのだと、遅れて気がついたのでした。

○

「────ふぅ」

買い物の荷物を下ろし、カーラはようやく一息つきます。頼まれていたのは細やかな日用雑貨だったので重くはありませんが、お屋敷から街まではまあまあの距離があるので、坂道を下って登るだけでも重労働なのです。

そこへちょうどよくお使いを言いつけた先輩が通りがかったので、カーラはすぐに姿勢を正しました。

「た、ただいま帰りました！」

先輩はカーラに気付いて足を止めます。しかしその表情が少し曇《くも》っていたので、カーラは不思議に思いました。足元の買い物袋を見下ろしますが、今日は以前のように街で迷子になったりも、買うものを間違えたりもしていません。

……いえ、していないはず……。きっと、多分……、あれ？

カーラは次第に自信がなくなり、肩をすぼめながら再び先輩の表情を窺《うかが》いました。先輩は表情を曇らせたまま、悩まし気にカーラの名前を呼びます。

「カーラ、あなた何か隠し事をしていたりしない？」

「……へぁ？　か、かくしごとですか……？」

「心当たりがなさそうな顔……。まあそうでしょうね、あなたがミスをしても黙っているような子じゃないのは知っているわ。ただ、残念ながら一番怪しいのがあなたなのは変わらないのよねぇ」

カーラは何の話か分からず首をかしげます。先輩はますます困ったという風に大きなため息をついてから言いました。

「付いて来なさい。あなたはただ正直に事実だけをお答えすればいいから」

「付いていくって……、ど、どこにですか？」

「来れば分かります」

そう言って先輩はカーラの手を引くようにして歩き出しました。

いよいよ何が何だか分かりません。正直に事実だけとは何のことなのか。しかも言い方からすると先輩にではなく、別の誰かの質問に答えなければいけないようです。

カーラの直感が言っています。朝感じた嫌な予感は、これからの出来事を指し示していたものだったのだと。

先輩の背中を追いかけて着いたのは、今朝掃除を手伝ったばかりの南棟の三階でした。カーラが磨いた床に斜めから差した夕日が反射しています。カーラたち以外の人影はありません。

――コンコン、とドアをノックする音が静かな廊下に響きます。ノックされたのは、カーラが一番そうだったら嫌だと思っていたドアでした。

「先ほどお話しした新人メイドのカーラを連れてまいりました」

少しの間があってから、ドアが開きます。そこから現れたのは――、部屋の主《あるじ》なので当然なのですが――、眉間《みけん》に皺《しわ》を寄せた旦那様でした。旦那様はこっちをちらりと見た後、押しのけるように廊下へと出て来られました。

そして数歩だけ歩いてすぐに振り返り、厳しい表情で仰《おっしゃ》います。

「……これをやったのはお前か」

口調は静かですが、明確な怒りが込められているのが分かりました。しかしカーラはここまで来ても何のことか分かりません。ただ蛇に睨《にら》まれた蛙《かえる》のように、目をぱちぱちとさせることしかできませんでした。

そんなカーラを先輩が肘《ひじ》で小突き、旦那様の向こう側を顎で示します。そこには、美術品として飾られた大きめの壺が置いてありました。しかしあるのは当然、前から元々そこに置かれていたもので、今朝もカーラが磨いたばかり――……。

「！」

カーラはそこでようやく、壺には今朝見た時と一目瞭然《いちもくりようぜん》の違いがある事に気が付きました。壺の装飾としてはめ込まれていた宝石が一つ欠けていたのです。壺にはぽっかりと大きな穴だけが取り残されていました。

「おい、お前がやったのかと聞いているんだ」

旦那様の低い声がもう一度響きました。

朝の掃除の時、先輩からも何度も注意された事でした。旦那様は以前より骨董品《こつとうひん》収集のご趣味があり、南棟の、しかも自室の前の廊下に飾られているものは、中でも貴重なものなのだと。だから万が一にも、傷をつけるようなことがあってはならないのだと。

だからこそカーラは、正直にかつ全力で否定しました。

「い、いえっ、カーラではありません！　朝掃除をした時には確かに蒼《あお》い宝石がついていました！　磨いたので覚えてますっ！」

「…………」

先輩に言われた通り、カーラは事実を答えました。しかし旦那様の表情は納得したようなそれではなく、さらに不愉快そうな表情に変わります。

「では、誰だと言うのだ……！　朝食から戻った時、この壺が反対向きにしてあった。裏返してみればこの有様だ。しかも廊下のどこにも見当たらない。誰かが故意に盗み取ったのだ。今朝、掃除の時にあったというのであれば、朝食の準備の間——、その一、二時間ほどの間にここを通った者の中に犯人がいるはずだ……！」

そう苛立《いらだ》ちの声を上げる旦那様。先輩がカーラの方に向き直り、眉《まゆ》を八の字にして質問を繰り返します。

「カーラ、改めて聞くけれど、本当にあなたがやったんじゃないのね？　故意じゃないとしても、うっかりぶつかってしまったとか、服が引っかかってしまったとか」

「はい、ここを立ち去る時には回りにおかしな所がないか、忘れ物をしていないか、ポケットの中もちゃんと確認をしましたから」

「本当ね？」

「は、はいっ」

「………本当の、本当に——？」

「えっ、……はい、本当です……。多分……」

繰り返し尋ねられれば尋ねられるほど、カーラの語尾は小さくなってしまいます。しかし、それは仕方がない事だと思います。カーラはいつも以上に気を配ったつもりでしたが、壺の宝石が付いているかどうかまで確認したわけではありませんし、急いだ結果ロニー様にぶつかってしまいました。カーラは自分がドジである事を自覚しています。

先輩はカーラのどうしても泳いでしまう目をしばし見つめてから、大きく息を吐いて旦那様に向き直りました。

「旦那様……、やはりカーラでもないようです。私も掃除の様子を見ておりましたが、やはり異変があれば、その時に気付いたように思います」

「しかし、他の使用人に聞いても同じ答えなのだろう。犯人は確かにいるのだ。だとすれば、雇い入れて日の浅いこの者が怪しいことに変わりはない。まだ隠し持っているかもしれん、調べろ。証言は当てにならないからな」

「……かしこまりました」

先輩は少し申し訳なさそうに、カーラの体を両側から軽く叩き始めます。ここでもし、宝石がコロンとでも出てきたら、いよいよカーラは自分が信用できなくなってしまう所でしたが、幸いカーラの服の中からはおかしなものは出てきませんでした。

しかしそれでも、旦那様は納得できないご様子でした。

「この陶器はグラスターク の侯爵殿からいただいたものだ。それが宝石を盗まれてしまいましたでは顔向けができんのだ……。必ず犯人を見つけねばならない。朝、ここを通った者全員に詳しい事情聴取を行うか、持ち物を調べるか……、しかし一度見つからないような場所に隠しているかもしれない。あるいはそう、既に――……」

旦那様はしばらく唸《うな》った後に、はっと気づいたようにカーラの顔を見ます。

「お前は先ほどまで街へ行っていたと言ったな」

「え？　は、はい、お使いで……」

「やはりそうだ、お前は街へ行くタイミングを見計らって宝石を盗み、すぐに換金をしたに違いない。今日他に街へ行った者は？」

犯人の尻尾《しっぽ》を摑んだというような物言いに、先輩も怪訝《けげん》な表情を示されます。

「おりませんが……、しかし旦那様、今日ここの掃除を臨時で頼んだのも、お使いを頼んだのも私です。カーラはただ言いつけに従っただけで……」

「――ならば、共犯ではないのか」

旦那様の疑いの視線が、カーラのみならず先輩にまで向けられます。カーラたちは驚きで言葉を失いますが、その表情が図星を突かれたものと旦那様には映ったのでしょう。

大声で「ジェイル!!」と叫ぶと、執事長のジェイルさんがすぐにやってきました。このお屋敷にお勤めする初めの日に挨拶《あいさつ》したきりの、使用人の中で一番偉いお方です。

「宝石泥棒の容疑者だ。この者たちの今日の行動を調べ、身体検査をし、部屋の中を捜索しろ。もう換金している可能性もある、必要ならば街の換金所にも確認をしろ」

ジェイルさんも宝石が無くなってしまっている事は聞いておられたのでしょう、さほど驚いた様子もなく「かしこまりました」と短く返事をされました。旦那様はようやく満足したように頷《うなず》くと、横目でカーラたちを睨んでから部屋にお戻りになられます。

旦那様の中では、宝石が見つかる前からカーラたちが犯人で決定したようでした。当然、カーラたちはどこをどう調べてもらっても構わないと思っています。事故で破損してしまったのであればまだしも、泥棒なんて恐ろしい事、カーラには思いつきもしません。何も見つかるはずがありません。

先輩をふと見ると、小さく首を振っていました。無言の中で「仕方がない」と言っているようでした。カーラは頷き、心の中に湧いてくるどうしようもないモヤモヤを必死に押し込めるのでした。

○

宝石の捜索は乱暴に執《と》り行《おこな》われました。せっかく畳んだシーツも、替えが少ないので大切に保管していた衣服も、ベッドの下も、棚の中も、天井の裏に至るまで、ぐちゃぐちゃのしっちゃかめっちゃかです。

あるはずないのにと言っても、旦那様はカーラたちが犯人だと決めてかかっているので仕方がありません。カーラは自分の寝起きする部屋が荒らされていくのが見るに堪《た》えず、一度廊下へ出ました。

あの様子では部屋から何も出なくても納得してもらえそうにありません。朝起きてから今までの行動経路、買い物でどの店をどの順番で回ったのかまで説明をしなければいけなさそうです。そんなことをしても意味がないとカーラには分かっているのですから、なおさら気が滅入《めい》ってしまいます。

東棟の廊下で一人ため息をついている所に、ふと視線を感じたので辺りを見回します。階段にこちらを覗《のぞ》くような人影——、相手側も同じタイミングでカーラに気が付いたようで、「あ」と声を漏らされました。

「ロ、ロニー様……！」

カーラは反射的に名前を呼んでしまいます。ロニー様はびっくりした様子で一度身を引きますが、しばらくしてからまた顔を出されました。カーラは身なりを正して駆け寄ります。

「な、何か御用でしょうか？」

「……あー、いや、用ってわけじゃないんだけど……」

「？」

ロニー様は少しぎこちない返事をされた後、カーラの向こう、使用人の部屋がある方向に目を向けられました。

「なんだか下が騒がしかったからさ。何をしているのかなと思って」

「――ああっ！　失礼いたしました。ちょっと今、なんと言いますか、カーラの部屋で……、探し物をしておりまして……」

「探し物？」

ロニー様は首をかしげられます。その表情は「それにしては音が大きすぎる」と言いたいようでした。カーラはわずかに後ろを振り返ってから、事の経緯を説明する事にしました。

「――宝石が盗まれた……？」

「は、はい。それで今朝、廊下掃除をしたカーラと先輩が盗んだのではないかと、旦那様が……」

「それで部屋の中をひっくり返してたって事か……。大変だね、え、えーと、カーラさん……だっけ？」

「さん、だなんて……！　呼び捨てていただいて結構です」

「ごめんね、メイドの人と話す機会あんまりなくて……。それでつまり、カーラが盗んだ訳じゃないってことなんだよね？」

ロニー様はカーラの目を見つめ、そう仰いました。しかしカーラはその言葉の意味をすぐに理解することができません。

「…………へぁ？」

「あれ、違った？　ひょっとして、本当にカーラがやったの？」

「い、い、い、いえ！　カーラはドジかもしれませんが、泥棒ではありません！　……のですが、どうしてロニー様はそう思われるのですか？」

「どうしてって、そりゃ君はそんな事をするように見えないし、それに──」

ロニー様はちらりと斜め上の方向に視線を向けられた後、今朝と同じように、優しく、少し困ったように微笑まれました。

「──真犯人に、ちょっと心当たりがあるんだよ」

○

結果から言いますと──、宝石泥棒の犯人は、ナラザリオ家次男のヨハン様でした。

ヨハン様は急いで朝食に向かわれる際、うっかり壺とぶつかり宝石を落としてしまい、慌てて宝石をポケットに隠し壺を裏返しにして、夜のうちにこっそり付け直そうと企んでおられた、と言うのが真相だったようです。

ロニー様がヨハン様を怪しいと思ったのは、朝食の席で少し挙動不審だったからだそうです。仲がよいからこそ気づいたのでしょう。

とにもかくにも、カーラたちの疑いは晴れ、旦那様もヨハン様が犯人だと言うことでお説教以上のことはなく、宝石も台座から外れただけで無事元通り。旦那様は真犯人が見つかった後、どこかバツが悪そうにカーラたちの方に視線を向けておられましたが、特に何か言うことはありませんでした。

翌日、カーラはロニー様のお部屋を訪ねてお礼を言いました。ロニー様は「僕が見つけなくても、一晩経《た》てば元通りになってたみたいだけどね」と笑っておられました。

さらに数日後、とても唐突なことでしたが、カーラはロニー様のお世話係に任命されました。先輩方はやや気の毒そうにカーラを励《はげ》ましておられましたが、カーラはそうは感じず、むしろ嬉しく思いました。あの時カーラを信じ、そして助けてくれたのは、このお屋敷でロニー様だけだったからです。これをきっかけに、ロニー様と少しずつでも打ち解けられれば嬉しいなあと、カーラは思いました。

この時はまだ、そのたった数ヶ月後に、ロニー様が階段から転落するという事件が起こるなど、思いもよりませんでした。

あとがき

皆様はじめまして、ねぶくろと申します。まずこの度は、世に数多《あまた》ある書籍の海の中から拙著《せっちょ》を見つけていただいたことに感謝を述べたいと思います。

本作は『魔法を科学する』などという大仰なテーマを標榜《ひょうぼう》してはいるのですが、勘のいい読者様方が既にお気づきの通り、あくまでそれらしい言葉と理論を並べている『なんちゃって魔法科学』(精霊《せいれい》なんてものが出てきている時点でお察し)です。そもそも根っからの文系である作者が、寝《ね》ぼけ眼《まなこ》の思い付きで投稿を開始してしまった本作ですので、専門分野の方が見た時に「そうはならんやろ」という部分が多々あることは重々承知しているのですが、それでもこの作品が読者様方の目に留まり、勢い余ってKADOKAWA様にまでお声がけいただけたのは、目の前の事象を地道に解き明かそうとする主人公ロニーの姿に、一部でも共感していただけたからではないかと思っています。

異世界モノというジャンルが少し前に比べて非常に馴染み深くなった昨今。魔法やスキルなんて言葉もさも当たり前のように登場してくるわけですが、実際にそんな状況になったら『敵を倒す』よりも前の段階でもっと湧いてくる疑問があるんじゃないか?

今俺、水魔法出したけど、これどこから湧いてきたの？　飲めるのか、冷たいのか、ゴミとか浮いてないのか気にならない……？　なんて思ったのが本作の誕生のきっかけだったりもします。別に魔法を使って成り上がらなくてもいい、この世界における魔法というものを解き明かしたい、ただそれだけの主人公がいてもいいじゃない、と思うのです。

勿論《もちろん》、ロニーは主人公らしくちゃんと魔法に目覚めてくれますし、穏当に研究活動だけに勤しめるはずもなく、この先「もう止めてあげてよ！」というような災難に巻き込まれていく訳ですが、ロニーがそれらをどう乗り越えていくのか、そう言った部分も是非楽しみにしていただければと思います。

最後に、本作の執筆に当たり多大なご助力をいただきました編集のＩ様。頼りない描写から圧倒的美麗《びれい》なイラストを描き起こし、キャラクターに命を吹き込んでいただきましたイラストレーターの花ケ田《はながた》様。まるで自分の作品のように協力、助言をくれた友人一同。そしてここまで目を通してくださった読者の皆様に、尽きることのない感謝を申し上げます。ありがとうございました。また次の本を手に取っていただけることを願っております。それでは。

ねぶくろ

引き続き、
"16年間"を
よろしくお願いします
――花ヶ田

■ご意見、ご感想をお寄せください。…………………………………………

ファンレターの宛て先
〒102-8177　東京都千代田区富士見2-13-3　ファミ通文庫編集部
ねぶくろ先生　　花ヶ田先生

FBファミ通文庫

16年《ねん》間《かん》魔《ま》法《ほう》が使《つか》えず落《お》ちこぼれだった俺《おれ》が、
科《か》学《がく》者《しゃ》だった前《ぜん》世《せ》を思《おも》い出《だ》して異《い》世《せ》界《かい》無《む》双《そう》　1791

2021年6月30日　初版発行　◇◇◇

著　者　ねぶくろ
発行者　青柳昌行
発　行　株式会社KADOKAWA
〒102-8177 東京都千代田区富士見2-13-3
電話 0570-002-301（ナビダイヤル）
編集企画　ファミ通文庫編集部
デザイン　株式会社コイル
写植・製版　株式会社スタジオ205
印　刷　凸版印刷株式会社
製　本　凸版印刷株式会社

●お問い合わせ
https://www.kadokawa.co.jp/（「お問い合わせ」へお進みください）
※内容によっては、お答えできない場合があります。
※サポートは日本国内のみとさせていただきます。
※Japanese text only

ISBN978-4-04-736537-7 C0193

賢者の孫14

栄耀栄華の新世界

著者／吉岡 剛
イラスト／菊池政治

既刊 1～13巻好評発売中！

ついにシンがカミングアウト!!

東方の国『クワンロン』にある超古代文明の遺跡調査に赴《おもむ》いたシンたち一行。それぞれが調査を進める中、転生者同士の戦争で文明が滅《めつ》亡《ぼう》したという仮説にたどり着き、頭を抱えるシン。するとオーグから「遺跡についてなにか知っているのか？」と質問攻めにあい……。

放課後の図書室でお淑やかな彼女の譲れないラブコメ2

著者／九曜
イラスト／フライ

既刊
放課後の図書室でお淑やかな彼女の譲れないラブコメ

泪華と静流の恋の行方は――。

瀧浪泪華《たきなみるいか》に好意を寄せられつつも答えを出せずに悩む真壁静流《まかべしずる》。静流の姿を見かねた壬生奏多から「自分の感情に誠実であればいい」とアドバイスを受け、少しずつ泪華に気持ちを伝えはじめる。そんな中、蓮見紫苑《はすみしおん》と一緒に帰っているところを同級生の直井恭兵《なおいきょうへい》に見つかり……。

彼女できたけど、幼馴染みヒロインと同居してます

著者／桐山なると
イラスト／pupps

ハピエンafter三角関係

告白大会のすえ、相生夏《あいおいなつ》は転校生の亀島姫乃《かめしまひめの》の思いに応えた——でも、日常は終わらない。同居ルートに入っていた幼馴染みの真形兎和《まがたとわ》は、まだ普通に家にいる。しかもようやく自分の気持ちを自覚したという兎和は、むしろフルスロットルでイチャイチャをしかけてきて——。

あなたのことならなんでも知ってる私が彼女になるべきだよね

著者／藍月要
イラスト／Aちき

その恋心はすべてダダもれ!?

全国模試１位かつ凄腕プログラマー。人間嫌いで誰とも喋らないで有名な久《く》城《じよう》紅《くれない》は、隣の席の宮代《みやしろ》空《くう》也《や》が大好きだった。初めての感情に戸惑う紅は、その高い技術で空也の情報を集めることが趣味になっていた。しかし空也は“人の感情が色で見える”という能力の持ち主で――！

FBファミ通文庫